Lusatia
Verlag
Bautzen

FRÜHLING

SOMMER

HERBST

WINTER

Gottfried Unterdörfer

Als die Sümpfe blühten

Bilder
von Jutta Mirtschin

Wir danken Burkhard Unterdörfer
für die Möglichkeit, Texte seines
Vaters zu veröffentlichen,
und dem Uhyster Heimatverein e.V.
für seine Unterstützung.

ISBN 978-3-936758-64-1

Textauswahl: Karin Damaschke
Gestaltung: Eberhard Kahle
Schriftsatz und Reproduktion: Satzstudio Martina Mittasch
Druck und Binden: Westermann Druck Zwickau GmbH
Printed in Germany

Diesseits und jenseits der Weißbuchenhecke

Über die roten Dachziegel des Forsthauses wandern Baumschatten. Hinter dem Nebengebäude liegen unter einem alten Holunder drei Komposthaufen. Einer wird im Frühjahr gesiebt. Einer reift unter dichter Grasdecke. Und einer wächst aus Abfällen. Um das Eingangsfenster wuchert Jelängerjelieber. An den mädchenzöpfig sich selber umschlingenden Stängeln finden die dünnen Gerten des Winterjasmins Halt. Das Abflussrohr der Dachrinne ist von Efeu verhüllt. Um den Blitzableiter treibt Klematis in jedem Jahr über die Dachkante bis zum First, weil sie in jedem Winter bis zur Dachkante zurückfriert. Zwischen den Gebäuden streift eine Eichenkrone beide Dächer. Der Baum verdankt sein Leben einem Häher, der die Eichel an dieser Stelle im jungen Kiefernwald versteckte. Die Kiefern mussten dem Forsthausbau weichen. Nein, eine blieb. Zu ihr gesellten sich Waldgehölze, Sträucher und Bodenpflanzen, die wir irgendwo und irgendwann ausgruben und hierher verpflanzten. Die Vielfalt ist groß, jede Pflanze ist nur einmal vorhanden. So umschließt die Weißbuchenhecke neben einer kärglichen Wiese, auf der halbwilde Pflaumenbäume am ertragreichsten sind, eine pflegeleichte gesunde Wildnis, einen Naturwald, der sich sein eigenes Kleinklima schuf. Wir sind darüber alt geworden und ein wenig kleiner. Die Bäume überragen längst das Haus. Sie sagen Ringeltauben zum Brüten zu. Der Buntspecht hat seine Zapfenschmiede in der Pappel, wo Blitzschlag einen dürren Spieß hinterließ. Waldameisen, die Laubholz bevorzugen, haben sich angesiedelt. Das lockt den Grünspecht herbei. Zauneidechsen sonnen sich. Auf den Komposthaufen liegen die Kreuzottern gern, auch Ringelnattern und Blindschleichen. Drosseln, Laubsänger, Grünfinken, Rotkehlchen nisten am Haus, in den Sträuchern, in der Hecke. Die Fluglöcher der vielen Vögelkästen sind alle dem Haus zugewandt; obgleich sie eigentlich nach Südosten gerichtet sein sollten, bleibt keiner unbesetzt. Unerklärlich ist mir, weshalb seit Jahren kein Wendehals mehr hier brütet. Auch die Blauracke verschwand.

Auf den Ruf des Wiedehopfes warte ich schon manchen Frühling vergebens. Die Pirole, finde ich, nehmen zu, auch der Kuckuck.

Ich stelle weder dem Eichhörnchen noch dem Eichelhäher nach, die gern in Vogelnestern Beute suchen. Auch die Maulwürfe graben, wie sie wollen. Und eine Wühlmaus zu stören, würde den Störer gründlicher verärgern als die Gestörte. Leider taumeln keine Fledermäuse mehr in der Dämmerung über dem Wiesengeviert. Nur die großen Nachtfalter des Kiefernschwärmers schweben im Hochsommer mit sirrenden Flügeln an den letzten Geißblattblüten.

Diesseits der Hecke dulde ich, was mir gefällt, und ich würde verlegen, wenn ich sagen sollte, was mir nicht gefällt. Weil mich tanzende Mückensäulen sommerlich stimmen, muss ich auch das Stechen der Weibchen erdulden.

Jenseits der Hecke wurden am Straßenrand alle Sträucher braun. Die Lupinenkerzen hingen schlaff und verdorrten. Meinem Einwand gegen das Begiften der Straßenränder widersprach das Amt höflich. Die Maßnahme sei unumgänglich für Fahrbahnunterhaltung und Verkehrssicherheit.

Bremst nicht der Fahrtwind die Wuchsrichtung der Sträucher? Sogar Alleebäume wölben sich zu Tunneln über dem Asphalt. Gebüsch und Gras treiben wieder aus. Jahr für Jahr spült der Regen neues Gift in die Gräben, in das Wasser, in die Erde. Wo ich unterwegs Räumschnecken die Banketten mechanisch begradigen sehe, winke ich den Arbeitern freundlich zu.

Der Wanderweg in das nahe Landschaftsschutzgebiet beginnt an einem Erlenwald, der auf moorigem Untergrund hervorragend gedeiht. Mit der Bepflanzung der ertraglosen Sumpfwiese hatte ich vor einem halben Menschenalter mein erstes forstliches Erfolgserlebnis. Ich hatte der Natur ein Stück Unland entrissen. Als ich im Frühsommer die Erlen besichtigte, blühte auf der ganzen Fläche Geflecktblättriges Knabenkraut. Die Erlen wuchsen schnell. Im folgenden Jahr stand das Knabenkraut spärlicher. Es war kein Mangel an Mut, dass ich die Erlen nicht wieder beseitigen ließ. Mir kam der Gedanke nicht, die Orchideen könnten damit gerettet werden. Heute blüht dort keine mehr. Es war das größte mir bekannt gewordene Vorkommen. Jeder Wandergruppe, Schulkindern wie Erwachsenen, berichte ich, was hier geschehen ist. Ich bemühe mich, nicht den Reueton von Wilhelm Buschs redlichem Menschen anzuschlagen: Gesetzt den Fall, ich tadle mich ... Es löst Teilnehmern die Zunge. Sie berichten von eigenem Fehlverhalten. Mit Straßenfachleuten bin ich allerdings noch nicht gewandert.

Die Teichwirtschaft benötigte mehr Wasserfläche, weil die Planauflage für Karpfen stieg. Raupen mit Planierschildern vertieften im Winter Teichgründe und schoben Schilfzonen zu hohen Hügeln zusammen. Mich entsetzte der Anblick. Schon im nächsten Jahr lag ein grüner Schimmer auf den kahlen Inseln. Wind, Wasser und Vogelkot brachten Samen hin. Bald brüteten wieder Enten und anderes Wassergeflügel. Nur die Große Rohrdommel kehrte nicht zurück. Für ihren Nistplatz im dichten Schilf gab es keinen Ersatz. Der Mensch hatte zu seinem Nutzen eingegriffen. Die Natur hatte die Wunden begrünt.

Als ich den Knabenkrautsumpf zupflanzen ließ, sah ich hier nie wilde Schwäne. Inzwischen gibt es keinen Teich mehr ohne brütende Höckerschwäne. Die Vögel, deren Eleganz im Wasser den Betrachter begeistert und die am Ufer plattfüßig über den Onkel latschen, haben keine Feinde, es geschähe denn der seltene Fall, dass bei nächtiger Jagd einem Fuchs ein Jungschwan in den Fang geriete. Schon häufen sich die Klagen, dass Schwäne Badestellen verunreinigen. Das ist der Preis für die Freude am Füttern mit Keksen und Brot. Es wurden bereits Schwäne zum Abschuss freigegeben. «Schießt nicht auf weiße Schwäne» heißt ein Buch von Wassiljew, eine mutige Geschichte mit tragischem Ausgang für den, der zu retten versucht. Sie beklagt den Achtungsverlust vor der Natur durch ichbezogenes Verhalten. Einfallsreicher und anstrengender ist es, Schwanengelege durch Grauganseier zu ersetzen.

Aus einer Gruppe von Biologielehrern wurde die Frage gestellt, ob das Vergasen der Fuchsbaue wirklich nur wegen der Tollwutgefahr erfolge oder ob nicht auch jagdliches Ertragsdenken mitspiele. Ich konnte darauf nur antworten, dass ich einst gelernt hätte, der Fuchs sei die Gesundheitspolizei im Walde. Der älteste Teilnehmer warf ein: Er zweifle nicht daran, dass der Mensch das Recht habe, sich zu schützen. Wenn er aber höre, wie Fuchsfamilien in ihren Bauen durch Vergasen ausgerottet würden, reagiere er äußerst empfindlich.

Zunehmend verbinden Menschen ihren Sinn für Umwelt mit Handeln. Vor einigen Tagen stand ein Arbeiter vor meiner Tür. Er sei Elektriker im Tagebauvorschnitt und brauche Unterstützung. An einer Schachtwand habe sich eine Uferschwalbenkolonie angesiedelt. Die Schwalben fütterten bereits. Die Kolonie sei durch Baggerarbeiten gefährdet. Bei gutem Willen der Werkleitung könne der Abschnitt bis September ausgespart bleiben. Er bat mich, die Naturschutzverwaltung einzuschalten.

Ein Kranichkeil zieht davon. Überall, wo sie vorüberziehen, werden Menschen stehen bleiben, nach oben zeigen und sich den Namen zurufen, in wie vielen Sprachen auf dem langen Flug? Ich vertraue auf die Wiederkehr der Kraniche.

Frühling

Im Garten der Lehrerin

Wir marschierten seit Wochen auf eisglatter Straße durch ebenes Land und waren dieser Straße müde. Die flüchtigen Quartiere der Nacht berührten uns kaum. Wir sehnten uns, endlich wieder zu bleiben und heimisch zu werden, uns einzurichten in einem Land, das uns nicht gerufen hatte und dessen Menschen uns doch nach ihrer Sitte, den Fremdling aufzunehmen, Gastfreundschaft gewährten; mit welchem Überwinden oft –, wer fragte danach, und wenn: Was hätte der Fremde an Verständnis dafür aufzubringen vermocht?

Endlich, als das Land sanft hügelig wurde und das letzte Eis von den Straßen rann, verließen wir die Hauptstraße; scherten aus aus dem endlosen Zug von Männern und Pferden und Wagen.

Nach wenigen Kilometern sahen wir in einem Tal leicht ansteigend an der jenseitigen Höhe ein Landstädtchen vor uns, das im Wesentlichen aus einem großen Markt bestand mit strahlenförmig auslaufenden Wegen, deren Häusergefüge, je weiter es sich vom Mittelpunkt entfernte, immer lockerer wurde, bis die letzten Holzhäuser in Senken und hinter Büschen versickerten. Wir hielten auf dem Markt. Ich gehörte dem Trupp an, der mit dem Zugführer zusammenwohnte: Melder, Hornist und Sanitäter. Das wirkte sich günstig aus auf die Wahl des Quartiers.

Bald standen wir vor einem erdgeschossigen, weiß getünchten Haus. Durch eine niedrige Gartenpforte stiegen wir drei flache, ausgemuldete Stufen hinan und drückten die Klinke. Die Tür war offen. Ein leichtes Klingeln meldete unseren Eintritt. Wir standen in einem geraden Flur, an dessen anderem Ende die offene Tür den Ausblick nach einer weichen blauen Bergkette gewährte, die den hohen Horizont beschloss. Es waren die Ausläufer der Beskiden. Der Anblick sollte mich noch manchen Abend erfreuen.

Zunächst aber öffnete sich eine andere Tür in dem Gang und eine weißhaarige Frauengestalt, deren eine Hand wohl mehr zur Betonung ihrer Würde auf den verzierten Knauf eines schwarzen

Stockes gestützt war – denn sie stand sehr sicher vor uns, schmal, nicht allzu groß –, maß uns mit ihren, mit einer Regung noch wartenden Augen. Auch ihr Mund blieb vorerst ein blasser Strich. Da sagte einer von uns: «Dobry wieczór», denn es war inzwischen Abend geworden. Nun wurde ihr Mund lebendig, als hätte sie nur auf diese Wahrung der Höflichkeit gewartet, und sie sagte mit einer auffallend dunklen, ein wenig schwingenden, aber noch festen Stimme: «Guten Tag. Sie können deutsch sprechen. Ich verstehe es gut.»

«Sie werden hier wohnen», sagte sie weiter, «diese beiden Zimmer sind für Sie.» Sie öffnete die dem hinteren Ausgang nächstgelegene Tür. «Bitte, hier.»

«Nebenan», fuhr sie fort, und ihre Stimme wurde noch dunkler, weil sie nun leise sprach, «wohnt schon eine Familie. Sie hat der Starosta, der Bürgermeister, eingewiesen. Sie ist auch aus Deutschland. Ich hoffe, Sie werden sich verstehen. Es sind ruhige Menschen. Wenn Sie noch etwas wünschen», schloss sie, «ich wohne hier gegenüber.» Damit ging sie.

Wir standen im Raum und sahen uns um. Das ist die gute Stube, konstatierte der Hornist, dem es lieber gewesen wäre, einfacher zu wohnen. Denn dass man auf der dunkel glänzenden Platte der Kredenz weder Kochgeschirre noch Gewehrreinigungszeug ablegen konnte, bedurfte keiner Erläuterung, und auch das Nägeleinschlagen für Koppel und Brotbeutel an den weiß lackierten Türen schied aus. Die Besitzerin schien sich mit ähnlichen Fragen schon beschäftigt zu haben, denn auf dem großen Mitteltisch waren Zeitungen ausgebreitet, und unter den Fenstern standen zwei einfache Bänke, die offensichtlich nicht zur normalen Ausstattung der Stube gehörten. Das angrenzende Zimmer war kleiner. Wir entschlossen uns, es als Schlafraum zu benutzen, und breiteten Strohschütten aus.

Gleich nach dem Abendessen legte ich mich nieder. Ich war müde. Die anderen waren ausgegangen. Da hörte ich zum ersten Mal aus dem anliegenden Zimmer Stimmen. Zunächst eine Frau, sie sprach sehr gleichmäßig. Sie mochte einen Brief vorlesen. Ich verstand nicht alles. Nur so viel konnte ich entnehmen, dass es sich um eine Nachricht von Verwandten handeln musste, die in sehr verhaltenen Andeutungen ihre Lage schilderten. Als sie geendet hatte, trat Stille ein. Danach begann ein lebhaftes Gespräch, an dem mehrere Frauen und ein Mann beteiligt waren. Sie redeten sehr leise, so dass ich nichts verstand und bald einschlief.

Den ersten Sonnenaufgang über der Bergkette erlebte ich, als ich während einer Gefechtsübung unter blühenden Haselbüschen lag. Dieser Anblick musste mein zwanzigjähriges Herz bewegen. Selbst das darauffolgende Waten durch sumpfige Wiesen trübte mir diese Morgenstunde nicht. Einige Wochen später ließ nicht die Schönheit der Sonnenaufgänge nach, wohl aber meine Fähigkeit, mich ihnen zuzuwenden.

Die Tage gingen hin. Wir fühlten uns wohl, jeder auf seine Weise nach den vorhandenen Möglichkeiten. Als die Abende länger und wärmer wurden, saß ich, wenn nicht der im Nachbardorf liegende Freund mich zu Spaziergängen durch die Wälder abholte, wo schon die Buschwindröschen blühten, im Garten unseres Quartiers, in einem alten Lehnstuhl der polnischen Lehrerin. Dass sie das war, und auch von ihrer Studienzeit in Deutschland hatte sie inzwischen erzählt.

Im Garten lag meist ihr Hund auf dem Rasen, ein ungeschorener Pudel mit gutmütigen Augen unter weißem, seidigem Haar. Weil ich ihn verwöhnte, wurde er schnell mein Freund. Diese Freundschaft wiederum mochte der Lehrerin weiteres Vertrauen gegeben haben, und sie setzte sich zu mir. Doch behagte ihr die Frühlingswärme noch nicht recht, so ging sie bald wieder ins Haus. «Ich bin nicht mehr jung, aber das Fräulein ist es noch, kommen Sie, Ruth, setzen Sie sich in meinen Sessel.»

Ich drehte mich um. Ein vielleicht achtzehnjähriges Mädchen stand in der Tür. Zum ersten Mal sah ich eine der Bewohnerinnen von nebenan. Ihre Bedenken verbergend, lächelte sie und schüttelte leicht den Kopf. Nochmals ermunterte sie die Lehrerin. Nun trat sie, etwas zögernd, näher und fragte – ihre Stimme war frei von jeder Geziertheit: «Darf ich?» Und schon saß sie, ihr weites Kleid streichend, im Sessel. Ich weiß nicht mehr, worüber wir gesprochen haben. Es ist möglich, dass kaum ein Wort fiel außer

«Guten Abend», als sie kam, und «Gute Nacht», als sie ging. Dass ich sie betrachtet habe, weiß ich aber. Es ergab sich wie unbeabsichtigt. Die Sonne blendete und ich legte den Kopf ein wenig zur Seite. Ihr Haar, dessen Schwärze die Blässe ihres Gesichts betonte, trug sie offen bis zur Schulter. Sie hielt die Augen geschlossen. Ich sah das ruhige Atmen ihrer Brust und ihre glatte Hand auf der Sessellehne.

So also sieht eine Jüdin aus, dachte ich. So also sieht ein Mädchen aus, das zu lieben verboten ist.

Ruth setzte sich nun öfter abends, wenn es schön war, in den Garten, anfangs von mir darum gebeten, bald von allein. Manchmal kamen auch ihre Eltern für kurze Zeit in die Sonne. Ihr Vater – ich habe ihn nie reden hören in meiner Gegenwart – hielt sich meist abseits, und ich merkte, wie er mich zuweilen ansah. Ich erinnere mich seines Gesichts. Es war schmal mit einer schrägen Stirn über kräftigen Brauen. In den an sich weichen Zügen fiel die Härte des Mundes auf. Wie viel Erbitterung, einer hoffnungslosen Untätigkeit ausgesetzt zu sein, wie viel Schweigenmüssen, während es in ihm schrie, mochten schon damals dieses Antlitz geprägt haben. Wenn ich heute daran denke, wie dieser fünfundvierzigjährige Mann, der, wie Ruth mir erzählt hatte, an den Folgen einer Gasvergiftung aus dem ersten Krieg litt, im Garten stand, an den Pflaumenbaum gelehnt, in der Ahnung dessen, was folgen würde, das Gesicht gesenkt und zugleich der Aprilsonne zugewandt, graut mir vor der Unbefangenheit, mit der ich diesen Menschen begegnet bin. Ruths Mutter hingegen war gesprächig, doch vermied auch sie, von Persönlichem zu reden. So fragte ich sie einmal, weshalb die Dame, die mit ihnen wohnte, kaum aus dem Zimmer ginge. Ob sie krank wäre?

Die Angesprochene nickte nur. Da begann Ruth zu berichten: «Ja, meine Tante ist krank. Die Totenköpfe haben sie durch die Schulter geschossen. Sie wollte ihren Mann schützen, als sie ihn holen kamen. Sie sollte sich nur nicht so haben, hatte einer sie angeschrien, von dieser Sorte gäbe es noch genug. Mein Onkel ist nicht zurückgekommen. Wir wissen nichts von ihm. Kurz danach wurden wir ausgewiesen.»

Hier unterbrach sie die Mutter: «Ruth schildert das etwas krass.»

Das Mädchen blickte sie an: «Nein, nein. Ich weiß, was ich sage.»

Als wir dann allein in den Gartenstühlen saßen, sagte Ruth: «Ich wollte Sie nicht traurig machen, aber da Sie gefragt hatten, musste ich es Ihnen sagen, zumal sich meine Mutter geängstigt hat, es zu tun. Sie sind kein Totenkopf. Aber es ist entsetzlich, wenn man Menschen ausgeliefert ist, die keine sind.»

Ich wollte ihr antworten, doch nichts, was mir einkam, hielt ich für ausreichend. Dennoch mochte sie empfunden haben, dass ich mich ihr verständlich machen wollte. Als der Hund sich näherte und sich zwischen uns setzte, streichelte sie seinen Kopf. Ruth flüsterte mit dem Tier: «Du möchtest auch gern am anderen Ohr gekrault werden, nicht wahr?»

Unsere Finger kraulten den Hundekopf und berührten sich in seinem zottigen Haar. Des Mädchens Augen waren schwärzer als ihr Haar. Nie wieder habe ich solche schwarzen Augen gesehen.

Um jedoch bei der Wahrheit zu bleiben, darf ich nicht verschweigen, dass ich an diesen Abenden erst nach einer gewissen Zeit Freude empfand, als mir die anerzogene Voreingenommenheit geschwunden war, und es würde auch nicht der Wahrheit entsprechen, wenn ich sagte, dass dies aus einer wirklichen Einsicht heraus gekommen wäre. Es war vielmehr das Herz, das ohne eigenes Bemühen überwand.

So war Ostern gekommen. Wir hatten keinen Dienst. Der Freund hatte Wache. Die anderen Männer vom Zugtrupp waren irgendwo unterwegs. Die Eltern von Ruth waren zu einer eingesessenen jüdischen Familie gegangen.

Wir saßen im Garten, Ruth hübsch angezogen. Die blauen Berge flimmerten in der Vormittagssonne. Um die Stachelbeerbüsche summten die Bienen, brummten die Hummeln. Zitronenfalter suchten in den Gartenbeeten. Tauben stürzten durch die Luft. Ein Kuckuck rief. Im Sauerkirschbaum sang eine Amsel. Am Morgen hatte ich einen Brief nach Hause geschrieben. Ich dachte noch an zu Hause, aber ich sehnte mich nicht fort. Hier war Sonne wie überall, und ich hörte den Kuckuck, der jetzt in jedem Walde rief.

Die Lehrerin trat in den Garten. Ich wünschte ihr ein schönes Osterfest. Das Mädchen sagte: «Ein gesegnetes Ostern.» Die Polin gab uns die Hand und erwiderte unsere Wünsche. «Ich komme nachher zu Ihnen», sagte sie und lief nach dem Gewürzbeet am unteren Gartenzaun. Bald kam sie mit einem Petersilienstrauß in ihrer beringten Hand eiligen Schrittes wieder an uns vorbei.

Kurz darauf setzte sie sich zu uns, so, dass sie uns beide ohne Mühe ansehen konnte.

Das Surren der Bienen war ein voller, schwingender Ton geworden. Da meinte die Lehrerin: «So ein schöner Ostertag war lange nicht», und, zu mir gewendet, fast ohne Übergang: «Glauben Sie an Christus?» Die Frage traf mich so unvermittelt, dass ich nichts zu antworten wusste. Das Einfachste wäre gewesen, Ja zu sagen. Aber das konnte ich nicht. Ich erwiderte ausweichend: «Meine Mutter ist sehr gläubig, und so hat sie auch mich erzogen.» Fast wollte in mir eine Verärgerung aufkommen.

«Ich will Ihnen etwas erzählen», sprach sie gleich darauf, als hätte sie meine Worte nicht gehört. «Wenn auch mein Mann meinte, es habe keinen Sinn, darüber zu reden.» Sie schwieg und sah uns an. Für Sekunden verharrten meine Augen am hellen Profil des Mädchens, am geschwungenen Haaransatz hinter ihrem Ohr. Da fuhr sie fort: «Wenn ich Sie beide sehe, glaube ich, dass es Sinn hat, es zu erzählen. Jeder Mensch, der einmal von Christus gehört hat, muss an seine Auferstehung am Ostertag denken. Das kann nicht anders sein. Er mag nicht an ihn glauben, aber er muss daran denken. Doch wer Christus wirklich gehört, hat ihn einmal erfahren in seinem Leben. Aber dazu muss man sehen können, hören können, fühlen können! Vielen Menschen ist er begegnet, aber sie haben es nicht bemerkt.»

Sie schwieg erneut, wie um den richtigen Anfang für das Erzählen zu finden. Ich zwang mich, nicht auf das Haar von Ruth zu blicken, um nicht unaufmerksam zu erscheinen. Lehrer sehen alles, erinnerte ich mich.

«Ich wohnte mit meinem Mann schon in diesem Hause vor dem ersten Krieg. Er leitete die Schule hier. Er war gut, aber sehr streng. Die Kinder hatten nicht das richtige Zutrauen zu ihm. Das machte mich traurig. Er zeigte gern seine Überlegenheit und sagte oft, unsere Ordnung ist die Ordnung der Welt, und er verachtete die, die in der Unordnung lebten. Es war ihm fast unmöglich zu entschuldigen und zu verzeihen. Zu mir war er gut, das ist wahr. Aber gut, weil er ein guter Mensch sein wollte, nicht nur aus Liebe.

Als der Krieg zu Ende war und mein Mann aus der Gefangenschaft zurückkam, erkannte ich ihn nicht wieder. Er war ganz anders. Es geschah, dass Mütter mich anhielten und fragten: ‹Was ist mit ihm, die Kinder sagen, sie hätten keine Angst mehr in der Schule.› Auch sah ich, wenn die Bauern mit ihren Wagen auf den Markt fuhren und ihre fette Butter und ihre mageren Gänse anboten, wie er mit diesem und jenem ein Stück lief und freundlich mit ihm sprach. Früher war er vorbeigegangen mit leichtem Nicken auf ihren tiefen Gruß.

Auch für uns gab es nun eine schöne Zeit. Jedoch erklärte er mir nie, wie das gekommen war, und ich fragte ihn nicht. Ich hatte Angst, es könnte wieder anders werden. Einmal war er sehr krank. Er dachte, das wäre der Tod. Da rief er mich. ‹Ich will es dir nun sagen›, begann er. ‹Ich habe Christus gesehen. Du musst es mir glauben: Ich habe ihn gesehen. Und ich habe ihn gehört. Ich habe keine Stimme gehört, wie wir gewohnt sind, eine Stimme zu hören, und habe doch deutlich gehört, wie er gesagt hat: Warum fürchtest du dich, ich bin da. Ich habe auch kein Gesicht gesehen, es war nur ganz hell über mir. Wir lagen in einer Stellung und der Feind schoss; er wollte über den Fluss.›»

Sie unterbrach sich, blickte uns aber nicht an. Sie wusste, dass wir nun zuhörten. Ich sah uns sitzen: eine polnische Katholikin, eine jüdische Christin und einen deutschen Protestanten. Ein merkwürdiges Zusammentreffen. Warum eigentlich merkwürdig?

«Sie müssen noch wissen, mein Mann war Offizier und führte eine Kompanie, und manche seiner Soldaten waren seine Schulkinder gewesen. ‹Und nun lag ich unter diesen Kindern›, fuhr mein Mann fort – ich höre seine Stimme noch, und kaum ein Wort ist mir entfallen, so oft habe ich das für mich gesagt, wenn ich sehr allein war –, ‹der Feind schoss wie wahnsinnig viele Stunden. Sie lagen alle am Grabenboden wie ich und hatten Angst wie ich und sahen mich an.

Aber ich konnte sie nicht ansehen, da hätten sie meine Angst gemerkt. Und ich lag da und dachte, du musst dich kümmern; um die Verteidigung, um Verstärkung, um den Feind, dass er nicht einbricht, um die Verwundeten, um alles musst du dich kümmern, du bist doch sonst auch so sicher vor der Kompanie geritten, nun kümmere dich! Aber ich kroch immer mehr in mich zusammen. Und dann sah ich. Und hörte die Stimme.

Als meine Augen sich wieder zurechtfanden, suchte ich die Männer neben mir. Da war noch die gleiche starre Angst in den Gesichtern. Die hatten nichts gesehen. Da sprang ich auf und lief durch den Graben und rannte über verschüttete Stücke. Die Verängstigten rief ich an und ließ die Verwundeten in einen Stollen holen. Später brach der Feind ein, wir flohen und sammelten uns in den Wäldern. Nur wenige waren noch da. Am anderen Morgen wurden wir gefangen genommen.›

Mein Mann überstand die Krankheit», schloss sie, «und lebte weiter aus der Gewissheit seiner Begegnung.» –

Am Morgen des zweiten Ostertages kam plötzlich der Marschbefehl. Das Mädchen schlief wohl noch, als wir aus dem Haus gingen, aber die Lehrerin stand in der Tür. Ich verließ als Letzter das Haus. Ich stand im Flur und bat sie, ihr einen Gruß zu sagen. Da meinte sie: «Ja, und Sie dürfen sie nicht vergessen, Sie müssen immer denken, wenn Sie Menschen von ihrem Volke sehen – und Sie werden viele sehen, elend werden Sie sie sehen –, das ist sie oder ihr Vater oder ihre Mutter. Christus helfe Ihnen.» Und sie machte das Kreuzeszeichen auf meine Stirn.

Auf dem Schulplatz sammelte die Kompanie. Die Nebel stiegen aus den Wiesentälern. Es marschierte sich leicht nach der Ruhezeit und in der Frische des Morgens.

Noch marschierte es sich leicht.

Märzsalat

Es ist wieder so weit. Ich finde die ersten Löwenzahnblättchen. Aus ihren Stielen tropft milchig der Saft. Ich lecke daran, verziehe das Gesicht und koste wieder. Die kaum entfalteten Schafgarbenwedel muss ich sorgsam am Stielgrund abknipsen, sonst bleiben nur die zarten gefiederten Spitzen zwischen den Fingerkuppen. Der Sauerampfer bildet kleine Nester. Ich greife nach den blanken Innenblättern, deren Ränder noch eingerollt sind. Die ausgewachsenen haben kriechende Feinschmecker durchlöchert. Nach Spitzwegerich muss ich suchen. Jedes winzige seiner längsgeäderten Blättchen ziehe ich mit Freuden aus dem alten Grasfilz und schäme mich vor Kneipp. Noch nie gedachte ich seiner bei einer offenen Wunde, die, auch wenn sie klaffend sei, nach seinem Rat mit frisch gepflücktem Wegerich belegt, heile, als wäre sie mit Goldfäden genäht.

Ich sammle für Salat. Brennnesselspitzen fehlen noch. Dieses Unkraut wächst nicht im Garten. Aber unter der alten Eiche zwischen Wald und Feld werde ich nicht enttäuscht. Generationen von Landleuten mögen unter ihr gegessen haben. Mir beschert ihr Mulm in jedem März zuverlässig erste Brennnesselspitzen, mit Kribbeln an den Händen und der Ahnung von Gösselpiepsen und ihrem unverwechselbaren Geruch.

Einen Monat lang kann mir nichts zum Abendbrot den grün gemixten Quark ersetzen. Alles in mir lechzt nach dieser Kost, Blutbahn und Galle, Harnwege, Nieren, Drüsen, Rheuma, Gicht, beginnende Verkalkung, Hypochondrie, Leber, Darmkrampf, Milz und Bronchialkatarrh. Weder Sturm noch Regen hindern mich am Pflücken. Nur die Straßennähe meide ich. Ich, selber Fahrer eines Autos, möchte die rollende Zeitvermehrerin, die raumverringernde Bequemlichkeit nicht missen und weiche den Nachwirkungen ihrer Antriebskraft aus. Wenn ich Unkraut suche, umgehe ich, was Menschengeist erfand.

Auf einem winzigen Stück Erdreich, das sich begrünt wie in jedem vergangenen Jahr, nutze ich unerschöpflich Gewährtes, Folge jenes Urknalls vor zwanzig Milliarden Jahren, Gebilde aus

Wasserstoff und Helium, gleich mir und gleich dem Stoff, aus dem entstand, was ich ein Auto nenne, durch das ich zu gewinnen meine, was mit dem Urknall seinen Anfang nahm und seitdem zunimmt, unmessbar, unberechenbar: Raum und Zeit.

Der Nachmittag ist mild und ohne Wind. Wie ausgemalt füllt gelber Himmel die Zwischenräume in den Kiefernkronen. Ich knie im Gras, suche Grünes und denke Undenkbares. In dieser Sekunde, in der ich diesen Halm mit den Fingern ablöse, könnte ein ähnlich leichter Handgriff allem Erlebten zum Hohn, allem Bekannten zum Hohn, allem Erinnern zum Hohn, allem jemals Beklagten und Verdrängten zum Hohn – nein, es bleibt undenkbar, auch wenn kein Insekt je eines Menschenfingers zu seinem Abflug bedarf, auch wenn es nichts, überhaupt nichts gibt, worin die Natur den Menschen vermisst.

Alles ist Gottes, sagt die Ostkirche in ihrer Totenliturgie, alles auf der Erde und alles in der Erde. Also ist nichts des Menschen, nichts in der Natur und seinesgleichen auch nicht.

So wenig mir ein Stern von der tausendfachen Masse der Sonne denkbar ist, den bemannte Raumflugkörper in dreitausend Jahren erreichen würden, so wenig kann ich mir mein Rasenstück in einem Planquadrat denken, das aus tausend Kilometer Entfernung mit dreißig Meter Treffgenauigkeit anvisiert ist. Würde ich es begreifen, was hülfe mir die Beruhigung, mein Rasenstück sei geschützt, gesichert, verteidigt oder was auch immer, weil tausend Kilometer von mir entfernt ein Planquadrat mit noch größerer Genauigkeit im Visier ist, in dem ein Unbekannter auf einem Rasenstück kniet und Grünzeug sammelt wie ich?

Die Vogeltränke

Halt!», riefst du. Mir drückte der Schreck den Fuß auf die Bremse. Vergebens suchte ich auf dem Feldweg ein Verkehrshindernis. Indessen warst du schon aus dem Wagen gesprungen und hattest dich durch verblühende Weidenbüsche gezwängt.

«Ein Wunder», hörte ich, «ein richtiges Wunder! Nun komm doch endlich heraus.»

Ich stieg aus. Du bücktest dich über einen rotschlammigen Graben. Ich blickte über dich hinweg auf die sumpfige Wiese, in deren saftigem Grün wie Butterkleckse die Sumpfdotterblumen lagen. Etwas Wiesenschaumkraut war auch darüber geträufelt.

«Siehst du denn nicht? Eine Vogeltränke! Sie wird noch heute unter unserer Blutbuche stehen.»

Nichts sah ich, es sei denn, du meintest das alte Gestein, dem sich deine Hand näherte. Ich war keineswegs gegen eine Vogeltränke. Nur hatte ich bestimmte Vorstellungen. Einen steinernen Viehtrog oder ein ausgemuldetes Baumstück von einer Koppel sah ich in meinem Wunschblick. Formschön und wuchtig. Auch erinnerte ich mich an das Sandsteinbecken mit dem kupfernen wasserspeienden Drachenkopf im Garten des Freundes. Für mich gibt es zu deiner Betrübnis Dinge, die mir bereits dadurch Wirklichkeit sind, dass ich sie erwarte, ohne mich vom Ziel des Erfüllens bedrängen zu lassen. Getrost vertraute ich dem Zufall, der mir eines Tages eine Tränke in den Garten bringen würde, und meine Fantasie spielte mit allen um das Haus herum brütenden Vögeln. Welcher würde zuerst zum Wasser fliegen? Eine Goldammer? Ein Wendehals? Eine Haubenmeise? Ein Feldsperling? So war die Tränke längst real in meinem Sinn. Sie war so deutlich vorhanden, dass ich gar nicht richtig einordnen konnte, was dich beim Anblick eines alten, ganz bestimmt durchlässigen Presssteingebildes zu solchen Jubelrufen bewegen konnte.

«Es ist kein Naturstein», sagte ich vorsichtig und bedauerte meine ernüchternde Andeutung. Ein Mensch, der einem Menschen die Freude dämpft, stört die Liebe. Ich sprang über den Graben und versuchte, den versunkenen, verschmierten, von Schlickpflanzen umwachsenen Stein anzuheben. Unmöglich. «Irgendwie werden wir ihn schon aus dem Wasser bekommen und erst einmal auf das Gras legen», entschied ich.

Deine Augen wurden wieder zugänglich. Du bekamst dein unternehmendes Gesicht, das ich besonders gern habe, weil ich dann mittun kann und nicht selber ein Unternehmen festlege, für das du womöglich dein Gesicht erst zurechtglätten musst.

Als du fürchtetest, wir könnten es nicht schaffen, wuchsen meine Kräfte. Barfuß, die Hose aufgekrempelt, versank ich bis über die Waden im frühlingskalten Schlick. Ich versuchte, das begehrte Stück hochkant zu wuchten. Obgleich mich deine eifrig vom Grabenrand aus um Mithilfe bemühten Arme am Zupacken hinderten, ließ ich dich gewähren. Mit höchster Anspannung zerrte und ruckte ich. Der Schlamm gab nach. Es schwappte. Luft gurgelte. Es war geschafft. Mit dem eisenhaltigen Wasser spülte ich den freigelegten Hohlstein ab. Wir untersuchten deine Entdeckung. Für dich bestand kein Zweifel, denn Quarz, Glimmer und Feldspat sprachen eindeutig für weißen Granit.

Aber die Mulde sei unverkennbar brüchiger Zement, warf ich ein, und die geriffelten Seiten wären nur schön graniten garniert. «Weißt du, was das ist? Ein Grabsteinsockel vom Friedhof dort drüben.» Du bliebst hartnäckig, es könne nur eine Viehtränke gewesen sein.

Das Lämmermaul wollte ich sehen, das in diese Vertiefung gepasst hätte. Und um dich zu überzeugen, klemmte ich meinen nackten Fuß in das schlammige Loch. Doch dein Schuh auf der steinernen Kante des Fundes duldete bereits keinen Widerspruch mehr.

«Wir haben eine Vogeltränke. Freust du dich denn überhaupt nicht? Wir müssen sie über die Wiese kanten. Ich hole einen Hebebaum.»

Während du mit dem kleinen Handbeil, das zusammen mit einem Feldspaten, einer Gartenschere und einer alten Zeltbahn immer im Kofferraum liegt, zum nahen Wäldchen liefst, half mir der Ehrgeiz, den Brocken ein Stück zu bewegen, bis du mit einem trockenen Erlenknüppelchen ankamst, und ich genoss dein Lob.

«Wie konntest du nur im Vorbeifahren in diesem verwucherten Graben einen Stein mit Hohlraum entdecken?», fragte ich kurzatmig.

Weil du dir eben für heute eine Vogeltränke gewünscht hättest. Ich betastete den Stein innen und außen. Kleine Kiesel lösten sich ab. Es war wirklich nicht viel erstarrtes Eruptivgestein an diesem Ding. «Es ist ein gegossener Grabsteinsockel.»

«Es war, mein Lieber, es war! Es ist eine natursteinartige Vogeltränke. Welcher Vogel wird sie einweihen?»

«Natürlich der geweihteste aller Vögel, ein Sperling.»

«Ein Sperling! Ich bin für ein Rotkehlchen. Denke an die Legende von Selma Lagerlöf.»

Ich blieb beim Sperling, dem einzigen Vogel, der würdig war, zwischen den Brüsten der Aphrodite zu ruhn.

«Jetzt muss der Stein ins Auto und wenn er zwei Zentner wiegt. Bitte, hier ist der Hebebaum.»

Wohin waren die Schwüre, dass unser neues Auto niemals mit Gütertaxilast geschunden würde? Du warst völlig meiner Meinung. Aber es gälte doch nur dieses eine einzige Mal, diese eine einzige Vogeltränke zu transportieren. Du hättest sogar schon erkundet, wie du das Auto zu ihr hinfahren könntest, zwanzig Meter von hier sei eine Überfahrt. Du würdest ganz nahe am Graben entlangsteuern, damit es keinen Flurschaden gäbe.

Hättest du im Plural deinen Fahrplan entwickelt, hätte ich weitere Bedenken äußern können. Der Singular aber sagte, mein lieber Mann, jetzt lenke das Auto bis an den Stein heran.

Der Wagen rollte, von mir gesteuert, von deinen Händen dirigiert, rückwärts am Grabenrand entlang, bis ihn dein Armzeichen stoppte. Die Räder versanken nicht im weichen Grund. Der Grabenrand gab nicht nach. Alles fügte sich deinem Wunsch. Ich auch. Mit mir etwas zu unternehmen sei lustig, vernahm ich, während ich den Vordersitz aus der Schiene löste und zum Schutz die Zeltbahn ausbreitete. Die untergeschobene Stange zerbrach sofort. Du versprachst uns Tee und Baumkuchen, wenn wir diese Last im Auto hätten. Es gelang ohne Abschürfung an Fingern und Fahrzeug. Ich zweifle nicht, dass du Ersteres, sofern es deine Finger gewesen wären, gelassen und Letzteres vorwurfsfrei hingenommen hättest. Dennoch war es ohne Schaden besser. Im Falle einiger Schrammen am Auto hätte es Tage später bestimmt eine Rekonstruktion des Herganges gegeben, die mich davon überzeugt haben würde, dass der Riss am Polster oder der Kratzer an der Tür bei sinnvollerer Handhabung meiner Kräfte unbedingt vermeidbar gewesen wären.

Dann packtest du den Proviantkorb aus. Den Himmel füllte Feldlerchengesang. Im Laubholz schmetterten Buchfinken. Sie könnten alle mitfliegen! Wir hätten eine Vogeltränke geladen, du riefst es so laut, dass der Mann zu uns herübersah, der in seinem Garten grub.

Am Abend stand der Stein unter den Bögen der Blutbuchenzweige. Du scheuertest ihn gründlich und fülltest das Becken. Später gingst du nachsehen und kamst traurig zurück. Die Mulde war leer.

«Verdunstet Wasser so schnell?»

«Es versickert so schnell.»

«Durch diese dicke Steinwand?»

«Durch diese dicke Presssteinwand.»

«Besorgst du Zement?»

Ich besorgte Zement, bestrich und glättete die Innenflächen. Es trocknete schnell. Du putztest Kieselsteine blank und legtest sie auf den Grund des Beckens. Ich wünschte mir einen gelben und einen roten Goldfisch dazu. Deine Augen straften mich ohne begleitende Worte.

Am folgenden Tag kam ich früh von der ersten Waldfahrt zurück und entdeckte dich hinter der Glastür der Veranda. Gleich nach mir seist du aufgestanden. Keinesfalls hättest du den ersten trinkenden Vogel versäumen wollen.

Ob es ein Rotkehlchen gewesen sei?

«Zwei Rotkehlchen. Ein verspieltes Pärchen. Es plusterte sich und trank, als müsste es den Durst des großen Fluges löschen.»

Immerhin zählten Rotkehlchen zu den Sperlingsvögeln, und Aphrodite hätte ihnen gewiss nicht die Zuflucht unter ihrem Gewand verwehrt. Nur groß könne der Reisedurst nicht gewesen sein. Schon seit März wären sie aus der Mittelmeergegend wieder hier oder hätten womöglich sogar bei uns überwintert.

«Aber sie hatten bis heute keine Vogeltränke, mein Lieber.»

Wir standen hinter der Tür und warteten nicht lange. Am Becken klammerte ein Buntspecht. Den Hals gestreckt, den Kopf nach oben, schief, rückwärts und nach unten gedreht, prüfte er rundum die Neuerung in seinem Revier. Schließlich trank er und badete. Hastig wischten seine blanken Federn durch das Wasser. Dann schoss er unter Kirschblüten davon. Wenn der Bursche seine Entdeckung nicht für sich behielte, würden sich zur Kirschenernte alle Spechte aus dem Wald hier versammeln.

«Sei still!», flüstertest du. Eine Zauneidechse kletterte zum Wasser. Das grüne Fragezeichen glitt am Trog empor, krümmte sich über die Kante, züngelte nach dem Wasserspiegel und ruhte mit breiten Flanken auf dem besonnten Stein. Wir sahen die atmende Eidechse und schwiegen.

Einmal ist der Sockel neu gewesen. Er trug einen Grabstein mit einem Namen. Er hatte seine Zeit, und später warf ihn einer an den Feldweg. Nun ist er eine Vogeltränke, bis ihn jemand in der steinarmen Gegend zerschlägt und vielleicht in das Fundament seines Neubaus wirft. Oder er verwächst einfach und zerfällt. Er wird vergessen sein wie ich, wie du, wie die Vögel, wie die Eidechse.

Als die Zauneidechse, erschreckt durch einen schnellen Flugschatten, verschwand, meintest du, dass dir die Tränke schon nicht mehr gehöre. Doch immer würde der gleiche Durst bestehen, auch wenn dein Vergnügen am Beobachten nachlassen sollte. Gäbe es eigentlich Unterschiede zwischen Durst und Durst? Blutbuchendurst, Vogeldurst, Menschendurst? «Es ist alles ein Durst der seufzenden Kreatur, vom armseligen Säufer bis zum verdorrenden Baum. Jede Trägheit und jede Feindschaft macht uns schuldig, weil wir einen Durst kennen, den kein Trinken stillt.»

Deine Finger fuhren langsam am Glas der Tür hinab, hinter der wir standen. Unter den hängenden Zweigfäden der Blutbuche schwankten am Rande und auf dem Wasser des kleinen Beckens die Schatten.

Der Birnbaum

Weiß ein Mensch, dass er ein Original ist?

Nach der Beerdigung eines hochbetagten Landarztes sprach vor dem kleinen Kreis der Angehörigen und Freunde der Sohn des Verstorbenen Worte des Gedenkens und des Dankes für die seinem Vater bis zuletzt erwiesene Anhänglichkeit und Achtung. Er fasste seine Worte – und damit fand er die Zustimmung derer, die am Tische saßen – in der Feststellung zusammen: «Er war ein Original. Ich finde, wir alle, die wir uns seiner erinnern, haben Grund, ihm dies zu danken. Er war es, weil er nicht wusste, dass er es war. Er ist es in der Gesamtheit seiner Person gewesen, alle guten und die nicht zu rühmenden Ausdrucksweisen seines Erdenweges gleichermaßen eingeschlossen. Er hatte Feinde und Freunde. Er hatte mehr Freunde unter denen, die nichts anderes sein wollten, als sie waren. Ich wünsche jedem von uns, es könnte einmal ein Gleiches gesagt werden, wenn Menschen sich unseretwegen aus dem Anlass versammeln, der uns an diesen Tisch geführt hat.»

Des Doktors erinnerte ich mich auf der Heimfahrt, auch die Definition von Original suchte ich am Abend in verschiedenen Lexika. Doch befriedigten mich die sachlichen, blassen Feststellungen nicht. Und ich dachte: Ein Glück, dass dem Mann, in dessen Garten ich gestanden habe, solches Nachsinnen fernliegt. Er hätte mit seinen dreiundsiebzig Jahren nicht sich selber vorgespielt. Ich wusste, er war einer der beliebtesten Patienten jenes Doktors gewesen. Leider gab es keinen Zeugen einer Begegnung dieser beiden Landmenschen, denn der Doktor kam auf einem Leichtmotorrad allein vorgefahren, und Johann Jakubasch empfing ihn allein, es lebten sonst nur noch Katzen unter seinem Dach.

Das hohe Bretterhoftor war verschlossen. Ich ging um das erdgeschossige Wohnhaus herum. An der Feldseite hatte der Hofraum keine Umzäunung. Johann Jakubasch kam von der Wiese. Vor dem Bauch, mit beiden Armen gefasst, trug er eine gefüllte Decke, die legte er ab, als er vor mir stand. Auch die Tabakspfeife nahm er aus dem Mund. Eine große, rothäutige Hand streckte sich mir entgegen.

«Sie ahnen sicher, Herr Jakubasch, weshalb ich komme. Die Bäume», sagte ich, «haben Sie ja nun umgesägt. Aber die Stämme müssen entastet und aufgearbeitet werden, damit das Holz in seinem Wert nicht gemindert und von Käfern befallen wird.»

«Sie kommen genau in der richtigen Stunde. Ich war eben auf dem Weg zu Ihnen. Wegen der Maße für die Stämme. Alles kommt, denke ich immer, im richtigen Moment. Fünf Gänsel füttere ich für die Kinder zur Kirmes. Und da habe ich eine Pfeife dazu geraucht und auch gleich das Schwarzbrot für die Hühner geschnitten. Genau an der Stelle, wo ich meinen Tabak verloren habe. Das war Sonntag. Und graue Wolke kam. Bis hierher, wo wir stehen, war ich gegangen, da wollte ich mir die Pfeife anstecken und merkte: kein Tabak in der Tasche.»

Beide Hände versanken bis weit über die Ärmelansätze in den Taschen der Joppe und stellten mir das Suchen nach Tabak dar.

«Ich zurückgelaufen, und wie ich den Tabak schon liegen sehe, kommen Blitze, Regen und Wind, immer im Kreise, nein, zuerst kam Wind, dann Blitze, dann Regen. Ich sehe Tabak fliegen weit über Felder. Nachrennen unmöglich. Ich zurückgelaufen.»

Und nun rannte der kleine Mann. Die lange grüne Joppe, die ich schon kannte, wenn der alte Sorbe mir manchmal auf dem Fahrrad bei der Rückfahrt von seinem Nachtwächterdienst im Sägewerk früh begegnete, sie umgab ihn wie eine Pelerine und bedeckte dazu noch den größten Teil seines Rades, die Joppe also rannte mit, die Schöße, schwer genug vom langen Tragen, flogen dennoch. Die bauschig gefüllten Taschen wippten und schlugen auf und nieder. Das verhältnismäßig glatte Gesicht, es war weniger in Falten, sondern mehr in seiner Gesamtfläche nach innen gegangen, war von solcher Spannung, dass ich um mich blickte, ob nicht die Windhose soeben im Anzug wäre. Überhaupt das Gesicht. Die Stirn floh nach den Augenbrauen zu, und unter diesen lagen versteckt und geschützt die kleinen Augen. Das Kinn stand kräftig, ein wenig spitz, nach vorn, wohl auch nur, um der Mundpartie Gelegenheit zu geben, in diesem Gesicht heimisch zu sein. Die Nase wollte sich keineswegs ausschließen und gab sich alle Mühe mit einem deutlichen Winkel zur Oberlippe hin – die ein geschnittenes Bärtchen trug –, sich von der allgemeinen Raffung zur Mitte nicht abzusondern, nachdem ihr oberer Teil erst den Anschein erweckte, der tiefen Stirne entfliehen und sich kühn vor das inwendige Gesicht stellen zu wollen. In dieser Physiognomie gab es für keinen Teil ein Entweichen. Ausbruch wurde nicht geduldet. Auch die locker gefüllten Wangen hingen nahe den Nasenflügeln. Selbst Ohrmuscheln und Läppchen hatten den Drang nach vorn.

Er rannte also. Die unter der zottigen Joppe kurz erscheinenden Beine hoben sich in Kniehöhe. Am liebsten wäre ich mitgesprungen. Die Vormittagsstunde, der frische Rasen, der blühende Pflaumenbaum, der duftige Wind verlockten sehr dazu. Doch begriff ich sofort die Unmöglichkeit. Er konnte springen, weil er gar nicht merkte, dass er sprang, es war ein Teil seiner Schilderung. Hätte ich mich im Geringsten anders verhalten als in meinem ruhigen, aufmerksamen Verharren, ich hätte dem Manne und mir die Unbefangenheit gestört.

Die kleine Tabakspfeife steckte fest in seinem Mund. Aus wie vielen einstigen Pfeifen mochten ihre Teile zusammengesetzt sein? Pfeifenkopf und Stiefel samt Deckel waren sehr groß. Höchstens ein Viertel der nach meiner Vorstellung zur richtigen Proportion gehörenden Länge betrug das Rohr. Die Pfeifenschnur allerdings mochte an die Originallänge erinnern, viele Male und eng umschlang sie das Rohr, und die Troddel, um die Nuss gebunden, hing über die halbe Länge des Pfeifenrohres hinab. Der Schlauch, sorgsam mit Isolierband umwickelt, steckte in einem Mundstück, dessen Ausmaß mir wieder im richtigen Verhältnis zum Pfeifenkopf zu stehen schien. Mir war klar, diesem Manne eine neue Tabakspfeife schenken, das wäre einer Kränkung gleichgekommen.

Während er, damit er sich nicht zu weit von mir entfernte, in Bögen auf dem Rasen rannte und weiße Wolken aus dem Munde stieß, versuchte ich mich an den letzten Wirbelsturm dieser Tage zu erinnern, aber ich wüsste nicht, dass einer gewesen wäre.

«Dann kam Regen, furchtbarer Regen. Der schlug mir die Augen zu. Ich stand blind. Der Sturm wollte mich umwerfen. Ich bog mich dagegen.»

Jakubasch stand nun so schräg auf den Beinen, dass er, mangels atmosphärischen Gegendrucks, sich nur mit einem großen Sprung vor dem Umfallen fangen konnte.

«Und plötzlich sehe ich, nein, ich sehe nicht, ich höre: Der Birnbaum fällt. Der Baum ist, hat mein Vater gesagt, zweihundert Jahre alt. Zweihundert Jahre gestanden, und nun fällt er. Und fällt auf mich zu. Ein Ast reißt die Tasche von der Jacke auf. Hier, das Geflickte, das war der Riss. Ich gehe nieder. Die Augen von Regen zu. Da drückt mich was in nasses Gras, ich weiß nicht wer. Ich mache Augen auf und sehe: Ich liege im Baum, rechts und links Äste eingespießt in Boden. Und ich gerettet unterm Baum. Ich krieche heraus, erhebe mich, und neuer Blitz ganz nahe und Augen wieder zu. Ich weiß nicht, wohin laufen. Ich knie und warte.»

Und schon kniete der Alte neben mir; den Oberkörper zurückgebogen, die Hände vor das Gesicht gehoben, die Handteller nach außen, die Augen zugekniffen, wehrte er im strahlenden Morgensonnenlicht Wolkenbruch und Donner ab. Ich sah das Antlitz eines Propheten, verzerrt, als gelte es, Unbegreifliches abzuwehren. Mache mit mir, was du willst, aber sende mich nicht. Habe ich nicht genug zu schaffen, wo ich bin? Lass mich Dir an diesem Orte dienen, so gut ich kann.

«Der Tabak», sagte Jakubasch, «er hat mich gerettet.»

Dieser Logik konnte ich nicht folgen. Schließlich wäre er, hätte er ihn auf der Wiese nicht vergessen gehabt, längst vor dem Unwetter im Hause gewesen. Aber natürlich: Dann hätte er ja die Bewahrung nicht erfahren können unter dem stürzenden Baum.

Inzwischen war der Mann aus seiner Schreckstellung in die Hocke zurückgeglitten, danach setzte er sich neben die Decke ins Gras und begann, die letzten Kanten Schwarzbrot für die Hühner schnabelgerecht zu zerstückeln. Da erst betrachtete ich den Birnbaum und erkannte am vergrauten Schnitt, mit dem der Stamm vom herausgerissenen Stock getrennt worden war, dass diese Begebenheit einige Jahre zurückliegen musste. Aber Vergangenheit und Gegenwart waren wohl nicht nur im Erzählen Johann Jakubaschs ohne zeitliches Voneinander.

Indes seine Augen auf die Hantierung mit dem großen Küchenmesser achteten, fuhr er fort: «Nämlich mein Hauptmann, der hat gesagt, Jakubasch, ich möchte Sie ein einziges Mal sehen ohne Tabakspfeife. Das wird sein, wenn Sie mich tot sehen, habe ich gesagt. Rauchen Sie, hat der Hauptmann gesagt, rauchen Sie. Der Hauptmann war menschlicher Mensch. Da kommt ein Mann in Polen in einem großen Dorf und meldet: In meinem Laden hat Soldat leider Frauenmantelstoff genommen. Der Hauptmann befiehlt: In zehn Minuten Kompanie antreten. Auf der Straße steht die Kompanie. Der Hauptmann durchsucht alles Gepäck, aber der Stoff ist nicht vorhanden. Dann lässt er wegtreten. Mit den Zugführern geht er zum Trosswagen und lässt sich die Koffer aufmachen, jeden einzeln, damit niemand weiter sieht als der, dem der Koffer gehört. Abend ruft er mich in seine Stube und sagt: Jakubasch, stopfe deine Pfeife voll, ich muss dich fragen, ob ich es richtig gemacht habe. Es weiß keiner, nur du und der Leutnant, bei dem das Tuch im Koffer war. Ich habe ihn in den Laden geschickt, dass er sich entschuldigt und den Stoff bezahlt oder zurückgibt. War das richtig? Es ist, Herr Hauptmann, nicht ganz richtig. Sie hätten mir nichts davon sagen sollen. Das ist meine Sache, mit wem ich rede, hat er gesagt, und nun hole mir meine Buttermilch. Nämlich, mit dem Birnbaum, das war auch Sonntag und der Laden zu. Und der Tabak flog im Sturm und fiel nass auf den Acker. Die ganze Wohnung habe ich durchsucht, und im Bett war noch ein halbes Päckchen Tabak. Sonntagsgeschenk war das, bestes Sonntagsgeschenk. Aber ich denke nicht, dass ich wegen Tabak lebe. Auch der Hauptmann hat nicht gedacht, dass ich denke, wenn ich Tabak habe, bleibt das Leben. Aber solange ich lebe, möchte ich Tabak haben. Gott kann nicht alles allein machen, er gibt jedem Menschen von Seinem ab. Kein Mensch, weiß Er, kann sein ohne etwas. Der eine hat Mensch, der hat Hund, einer hat Bienen, einer hat Wellensittich, einer hat Tabak.»

«Jaja», sagte ich und dachte an Telemann und sein Generalbasslied vom Tobak. Gab es nicht eine Berührung, wo das Sichbefreien Telemanns in der Musik und das Erzählen Jakubaschs sich fanden: die Notwendigkeit?

Das letzte Stück Brot war zerkleinert. Johann Jakubasch strich die Krümel von der Joppe und sagte: «Heute Nachmittag wird Gift gestreut, habe ich gedacht. Da lese ich auf dem Paket: Bei Gebrauch nicht rauchen. Nun muss ich Stachelbeerraupen wieder mit Fingern zerquetschen. Was ist das für ein Gift, das verbietet zu rauchen? Das kann auch für Stachelbeeren nicht gut sein. Haben Sie gesehen?»

Eine Kornweihe stürzte auf das Feld nieder und verweilte, ein Zeichen für den geglückten Mäusefang.

«So ist das Tier», bemerkte Jakubasch, «es muss sein, wie es ist. Aber sehen, wodurch alles geht drumherum, und Pfeife stopfen und überlegen, was man richtig machen kann, das ist der Mensch. Ich denke, ich werde einen Zaun bauen um das Gras, und wenn wieder junge Gänse sind, brauche ich keine Zeit mehr für Hüten und kann anderes machen. Haus verputzen will ich auch.»

«Aber vergessen Sie nicht das Holz in Ihrem Wald», ermahnte ich ihn, während ich – es fiel mir schwer – mich wieder auf die Beine stellte.

«Nein, ich vergesse bestimmt nicht, nur Regen muss kommen, wegen Rauchen im Walde verboten und bei Regen erlaubt.»

Am Abend stand, es war schon dunkel, das kleine Gesicht im steifen Joppenkragen gerahmt, Johann Jakubasch vor meiner Tür. Er nahm die Pfeife aus dem Mund und fragte nach den Stammholzmaßen.

Der Sumpf

Zwischen zwei Waldseen liegt ein Sumpf. Die ausgedehnte Schilfzone des nördlichen Sees verbirgt einen Kranichbrutplatz. Über der südlichen Wasserfläche kreist häufig der Fischadler, ruhig, als sei ihm genug, dass die Schwingen ihn tragen. Plötzlich schreckt den Betrachter der Niedersturz des soeben noch dahintreibenden Vogels auf. Wasser spritzt. In den Fängen des fortfliegenden Adlers schimmert ein Fischleib, unentrinnbar umkrallt. Schnell wird das Flugbild klein über dem Wald, in dem irgendwo der Horst liegt. Seen und Sumpf sind von Wäldern umschlossen.

Für mich ist ein April ohne einen Gang durch diese Landschaft nicht denkbar, die menschliches Eingreifen seit über hundert Jahren kaum beeinträchtigen konnte.

Ich muss den Anfang berichtigen. See ist ein in der Gegend nicht gebräuchliches Wort. Auch diese zwei größten Wasserflächen in einem trotz Verlusten durch den Braunkohlentagebau noch immer mit zahlreichen Teichen belebten Waldgebiet werden Teiche genannt, obgleich sich die gegenüberliegenden Waldränder zu blauen Streifen verdichten. Großer Raudener Teich heißt der mit dem Fischadler, Mönauer Großteich der nördliche. Die nächstgelegenen kleinen Dörfer gaben die Namen.

Anfangs führte der Weg zwischen beiden Dörfern durch Wiesen, auf denen Hühner aller Wirtschaften, weiße, braune, schwarze, gefleckte, das Hoffutter, wählerisch nach Kranichart, mit jungem Grün und Würmern ergänzen. Den schönen Hähnen bleibt Raum genug, kampflos herumzustolzieren. Hinter dem Erlenniederwald beginnt am Kiefernaltholz ein langer Maschendrahtzaun, über dem nach außen gebogene Eisenstangen sieben Reihen Stacheldraht halten. Eine liegt unter Strom. Was in Kürze innen wieder herumlaufen wird, muss von außen geschützt werden. Selbst Füchse überkletterten den Zaun, als nur ein Stacheldraht für ausreichend gehalten wurde. An den Drahtspitzen fand sich Fuchshaar. Durch das Gänsekreischen zum Rasen gebracht, tötete Reineke Fuchs bei einem Einbruch fünfzig Gänse. Aber auch individuelle Tierhalter besserten ihren Gösselbestand aus der Umzäunung auf.

Noch beherrscht die Stimme des Buchfinken den Wald und aus den Erlen ruft der Weidenlaubsänger. Junge Roggenhalme bedecken den umzäunten Waldboden. Kalk wurde gestreut. Beides soll die alten Bäume vor dem Stickstoffüberangebot aus dem Dung der Gänsedurchgänge schützen. Anfangs hatten die Bäume mit üppigem Grün reagiert. Schwarzkiefernartig hoben sich die dunklen Kronen von den Wäldern außerhalb der Umzäunung ab. Dann aber schlug es ins Gegenteil um. Immer mehr Kiefern starben ab. Der Bestand musste gefällt werden. Nicht nur Gift, auch «Mist» kann schädlich sein, und die Esssucht der Menschen kann Natur zerstören wie Blei und Schwefeldioxid.

Für wenige Tage wird die Saat dem Neubesatz die Illusion grüner Weideflächen bereiten. Die Kiefernstämme sind in Gänseschnabelreichweite glatt geknabbert. Könnte der Mensch die klugen Vögel abrichten, ließen sie sich zum Bäumeröten für die Harzgewinnung einsetzen. Bald wird bis nahe vor Weihnachten kein Wildvogelruf das Geschnatter Tausender weißer Gänse durchdringen. Die Lachmöwen vermochten es allenfalls, aber ihre Kolonie ist weit entfernt. Wenn auch die Herdenbildung der Gänse gestört ist und es in solchem Massenleben gelegentlich zu Kannibalismus kommt, so erscheint mir ihr Los erträglich im Vergleich zu Käfighühnern. Sie können ihren Bewegungsdrang stillen. Sie können unter Schutzdächern artgemäß schlafen. In einer abgegrenzten Teichzone können sie schwimmen und gründeln.

Die mit lebenden Organismen praktizierte industrielle Produktionsmethode von Hühnereiern kenne ich nur aus Abbildungen und Berichten. In den Legefabriken geht es sehr hygienisch zu. Die Hühner leben im Drahtkäfig fast parasitenfrei. Ob sie einem sonnenwarmen Sandbad gegen Läuse den Vorzug gäben? Beides lernen sie niemals kennen.

Der sandige Waldweg mündet in eine Grasfläche, die der Teich überfluten könnte, würde der Schilfgürtel die Wellen nicht brechen. Die braunen Binsen vom Vorjahr gewähren freien Ausblick auf die bewegte Wasserfläche. Sie ist noch vogelarm. Ein Reiherentenpaar, ein Trupp Rallen, wenige Graugänse lassen sich von den Wellen schaukeln. Unerwartet bricht die Sonne durch. Die Wärme tut gut. Nun bereust du dein Mitkommen nicht mehr. Wir setzen uns auf den hölzernen Abflussständer.

Wer ruft nur so gedehnt und träge? Dieser schläfrige Ton muss vom südlichen Ufer kommen. Einem Echo gleich, wimmert es fort, schwillt an, wellt zu uns her, das Ohr ist auf Steigerung eingestellt, da löst es sich auf, das quetschende Anfangsgeräusch klingt nach, bricht ab. Wir strengen das Gehör an. Kein Ton mehr.

«Frösche», sagst du, «es kann nur ein vorwitziges Froschkonzert gewesen sein.»

Der plötzliche Sonneneinfall muss einem noch winterschlafträgen Männchen die Schallblasen gekitzelt haben. Und sogleich träumten alle die Maihochzeit mit. Das war eine ergötzliche Begrüßung. Mit Sonne können wir nun wohl nicht mehr rechnen, die Wolkendecke ist wieder dicht.

«Ob wir hier Kalmus finden?», sage ich und denke an die alte Frau im Dorf, die mich darum bat. Ihrem Magen hülfe kein Medikament, nur Kalmus. Seitdem sie den Tee nicht mehr tränke, ginge es ihr nicht gut. An einem kleinen Dorfteich habe sie die Wurzeln den ganzen Uferrand entlang gefunden. Nun sei das Gebiet vom neuen Spreebett durchschnitten und beiderseits mit Sand überschüttet. In Masuren hätten sie die Wurzeln körbevoll ausgegraben und auf dem Wochenmarkt verkauft. Ihr Vater habe einen Likör damit aufgesetzt und einen Magen mit solchem Appetit bekommen, dass die Mutter die Wirkung vorsichtig mit Leitungswasser abgeschwächt hätte. Der Vater hat es gemerkt oder nicht. Den Ausgleich habe er sich jedenfalls durch die Menge geschaffen, eingedenk des alten Spruches: Ein Kalmüser, der hilft sehr, zwei Kalmüser noch viel mehr, und ein dritter fällt nicht schwer. Den Kindern habe die Mutter gekochte Wurzelstückchen kandiert. Andere Süßigkeiten hätte es im Hause kaum gegeben. Mit vielem Verlorenen und Nichterreichten habe sie sich in ihrem Leben abgefunden, sagte die Frau, aber ohne Kalmus wäre sie krank.

«Was man verspricht, soll man halten», meinst du und brichst einen kurzen schilfartigen Trieb ab, riechst daran und hältst ihn mir an die Nase. Ich atme tief und verstehe die Römer, die Kalmus des Wohlgeruchs wegen aus Arabien importierten. Ich laufe zum Auto zurück und hole den Feldspaten aus dem Kofferraum. Das Metall gleitet in den schwarzen Schlick. Gelblich, mit hellen dünnen Saugarmen, kommt die kriechende Wurzel wie der schlammbehaftete Rumpf eines fossilen Tieres hervor. An der Abrissstelle ist das Fleisch schneeweiß. Das scheinbare Durcheinander von Schilfspitzen und Kalmustrieben unterscheiden wir bald. Schilf ist grün, Kalmus violett getönt.

«Die Frau wird sich freuen und für uns fällt auch etwas ab», sagst du. «Es ist genug. Wir wollen nicht räubern.» Ich füge mich, obgleich es mir nicht leichtfällt maßzuhalten, wenn es ums Ernten geht.

So bezieht ein Weg, den wir allein gehen, Menschen ein, mit denen wir nie hier gehen werden. Vergangenes, das uns ohne den Kalmus nicht in den Sinn gekommen wäre, wird wach, als wäre es auf diesem Weg geschehen und nicht in einem Land, das wir nicht kennen. Die Frau geht mit der Tochter, einem Schulkind, an der Hand; sie weichen den Straßen aus, die den Soldaten gehören. Sie betteln in abgelegenen Höfen, suchen Früchte in fremden Gärten, auf Feldern. Manchmal erhalten sie ein warmes Essen, für das sie arbeiten. Sie nächtigen auf Fußböden, in Scheunen, im Wald. Die Mutter hatte nach einem Fliegerangriff den Flüchtlingszug verlassen. Sie hielt es unter den vielen Menschen nicht aus. Sie waren ihr kein Halt. Es widersprach ihrer Natur, sich sicher zu fühlen, wo Menschen sich an Befehle hielten, die Gewissheit vortäuschten, und Anordnungen befolgten, um die Angst zu verdrängen. Sie nahm ihr siebenjähriges Kind an die Hand und lief in die ihr bekannte Ebene zurück, in der vereinzelt Menschen geblieben waren. Sie irrte durch das ihr vertraute Land. Die Kräfte des Kindes ließen nach. Leute sahen an einem Herbsttag eine Frau mit einem Mädchen an der Hand in einen See laufen. Das Kind schien sich zu widersetzen. Die Frau ging und ließ das Kind nicht los. Als die Fremden die beiden aus dem Wasser holten, widersetzte sich die Frau. Aus einer Heilanstalt bei Tula traf sie nach Jahren in der Lausitz ein, wo sich Verwandte eingerichtet hatten. Die Tochter wurde in einem Kinderheim gefunden.

Wir versteckten Spaten und Kalmuswurzeln für den Rückweg. Der weiterführende Damm trennt Teich und Sumpf. Der moorseitige Graben, der uns im vergangenen Jahr kein Hindernis war, ist unüberspringbar verbreitert und bis zum Rand voll Wasser. Da hat der Nachbarkollege doch seinen Kopf durchgesetzt und die Melioration in seinem Bereich begonnen. Er hatte mir seine aufwendigen und zuverlässigen Messungen geschildert. Das Gefälle sei gering, aber es reiche zur Absenkung des Wasserstandes in den Sumpfwiesen. Die Vorflut müsse aber durchgängig geschaffen werden. Dazu sei meine Mitarbeit erforderlich. Der Einwand, es sei sinnvoller, den Rest Urlandschaft zu erhalten, als einige Hektar Nutzfläche neu zu gewinnen, war ihm befremdlich wie mir sein Plan. Offensichtlich zweifelte er an meinem Mut zum Wagnis. Damit könnte er recht haben. Meine mangelnde Entschlussfreudigkeit war mir nicht immer nachteilig.

Du zupfst mich am Ärmel. Der Adler kommt wieder. Er hat uns noch nicht bemerkt. Er verliert an Höhe, verlangsamt den Flug. Gleiten, Schwingenschlag, Kreisen, Gleiten, Schwingenschlag. Der große Körper wirkt gelöst und angespannt zugleich. Suche nach Nahrung bestimmt sein Bewegen. Kopf, Schwingen und Stoß fügen sich in eindrücklicher Schönheit dem zweckbezogenen Flug. Wir warten. Kein Absturz zum Greifen eines Fisches erfolgt. Uns fehlt die Geduld. Es drängt uns nach Wiederfinden, das wir aus dem Erinnern erwarten. Hier gingen wir, und hier gehen wir. Die Bohle über dem ausgebauten Graben verdanken wir gewiss den Jägern. Das braune Gras gibt nach. Über die Fußrücken der Gummistiefel rinnt Wasser. Federnder Grund. Ein Laufen, das trägt. Es löst Lustgefühl aus, das durch den Körper bis in den Kopf und in die Arme geht. Laufen kann lustvoll sein.

Wir gehen auf eine Eiche zu, die allein auf einer flachen, trockenen Wölbung steht. In zweihundert Jahren wird der Baum ein denkmalwürdiger Riese sein. Wir hoffen, im Mai wieder Knabenkraut in seiner Nähe zu finden, das letzte Vorkommen zahlreicher Stellen, die wir kannten. Aus einer mitten im Moor gelegenen Birkengruppe fliegen zwei Gimpel ab. Wir sahen sie bisher nur in kalten Wintern am Futterhaus. Ob ihnen die Landschaft zusagt und sie hier Brutvögel werden? Über die Bruchwiesen fliegen sie zum hochstämmigen Erlenwald. Von dort hören wir die Rufe, ein wie aus Klage und Sehnsucht gemischtes Pfeifen; Stimmen, dem tiefen Wolkenhimmel über der Sumpfgrasebene angemessen.

Niemand kann heute mehr sagen, weshalb vor über hundertfünfzig Jahren zwischen den in mühsamer Handarbeit den Sümpfen abgerungenen Teichen das Moor erhalten blieb. Eine Stelle am Rande heißt noch heute Torfstich, doch finden sich keine Abbauspuren mehr. Nur ein grobes Netz schmaler Gräben deutet aufgegebene Nutzungsabsichten an.

Bald wird das Wasser im Sumpfgras wieder sommerwarm sein. In jedem Frühjahr spüre ich dasselbe Verlangen: Einmal an einem glühenden Julitag zwischen den Halmen im seichten Wasser liegen und sehen, was nahe um mich und über mir mit mir lebendig ist. Die meine Spinnerei hören, würzen meine Träume mit Blutegeln und Mücken.

Erste Wasserpflanzen treiben in den rostbraunen Gräben, die bald begrünt sein werden mit Froschlöffel, Pfeilkraut, Bitterem Schaumkraut und giftigem Schlangenkraut, mit Sumpfherzblatt, Wasserfeder und Sumpfläusekraut und vielem, das ich nicht benennen kann. Bei jedem Schritt werden dann von beiden Grabenrändern zahllose Frösche aus ihrem Sonnenbad springen, zwischen die Pflanzen plumpsen, fortgleiten und im Wasser hängen, als sei dessen Spiegel eine Kinnstütze.

Wir nähern uns den Birkenkulissen und Erlenbrüchen, die das Moor auflockern. Und erwartungsgemäß hören wir wie immer an der gleichen Stelle das Geräusch. Für Augenblicke schwillt es an, hält sich über uns, fällt ab und verstummt. Das wiederholt sich in kurzen, immer gleichen Abständen. Es bewegt sich im Kreis, wächst, bleibt, verebbt, bricht ab. Ich denke an Lippen, die vor Kälte bibbern und den unkontrollierbaren Stimmton vibrieren lassen. Einen anderen Vergleich wüsste ich nicht. Die Blicke versuchen, dem Geräusch zu folgen. Die Bekassine ist ein kleiner Vogel, ein schneller dazu. Geschlossen durchsticht der lange Schnabel die Luft. Im Gleitflug winkeln sich die Stoßfedern und lösen das schwirrende Tönen aus. So umgrenzt der Vogel mit seinem Kreisen das Nest im Moor, wo das Weibchen brütet. Wie viele Generationen der Sumpfschnepfe mögen wir auf unseren Aprilwegen an genau dieser Stelle schon erlebt haben? Unsere Ohren hören keinen Unterschied in den winddurchblasenen Federlauten. Und selbst wenn er zwischen den Vögeln bestünde, wir haben keinen Anteil daran. Für uns ist es einfach die Freude des Wiederfindens. Und uns erstaunt das Beständige einer Vogelart seit Jahrzehnten an dieser Stelle.

Der Gang durch den Sumpf geht zu Ende. Die Waldränder rücken näher zusammen. Fast übergangslos stehen wir auf festem Weg, der in die Kiefernheide führt. Wir aber biegen ab durch schwer begehbaren Morast zum Mönauer Großteich.

Es gibt keine Überlieferung aus vergangenen Zeiten über die Zahl der Jungkraniche, die hier den Brutplatz verließen. Von mir wird Auskunft erwartet. Weil in meinem Revier der Kranich brütet, gehöre ich zum Kreiskranichaktiv. Im August werden die Meldungen über den Nachwuchs der wenigen im Kreisgebiet brütenden Paare verlangt. Ein einziges Mal – da gab es noch keine Kranichinstanz – gewährte mir der Zufall den Anblick eines Kückens. Der Altvogel flüchtete. Das Dunenjunge duckte sich ins Heidekraut, den grotesk langen Flaumfederhals gestreckt am Boden. Mich bannte die Seltenheit der von dem Kranich gewiss nicht gewünschten Begegnung, und ich zog mich erst zurück, nachdem das Schreien des Altvogels so drängend geworden war, dass ich in Unkenntnis seines Verhaltens fürchtete, er könne sein Junges mit einem Angriff auf mich befreien.

Ich weiß nicht einmal die genaue Lage des Nestes. Es wäre nicht nur mühsam, planmäßig nach dem Gelege zu suchen, auch Scheu hindert mich daran. Mir widerstrebt, die Abgrenzung, die den in der Brutzeit sehr scheuen Vogel verbirgt, zu durchbrechen.

Langsam laufen wir den schlammigen Weg am Schilf entlang und entdecken eine Spur, die hineinführt. Wer ist hier herumgekrochen? Ein Fotofan? Ein Eierräuber? Uns überfällt der Zwang, den niedergetretenen Wedeln zu folgen. Spuren sind nicht erkennbar. Der Pfad führt zu einer Schilfkaupe, wo die Halme zerhäckselt und festgedrückt einen kleinen Freiraum bilden.

«Das Nest», flüstere ich, winke aber sogleich ab. Nur gebrochene Schilfstängel liegen gehäuft. Von dieser kleinen Lichtung führen zwei Trampelpfade weiter hinein in das übermannshohe Dickicht aus totem Schilf. Wir trennen uns. Jeder folgt einer Spur und gelangt an eine neue Blöße. Da sage ich endlich: «Schwarzwildeinstände» und bin auch noch stolz auf diese späte Erleuchtung.

Wir ziehen uns zurück und gewinnen wieder den Sinn für das Gesamtgefüge, in dem das Unzählbare das eine ist und in dem der Mensch immer mehr zu zählen begann, Kraniche, Fischotter, unwirtschaftliche Sümpfe, Wanderfalken schon nicht mehr, und wann kommt der Rainfarn an die Reihe und das Hermelin?

Vor uns werden die Kiefernstämme undeutlich. Hinter uns wird über dem Moor die Luft milchig. Niemand begegnet uns, keiner folgt uns. Die Schritte jagen dösende Stockenten auf. Das hätte ein schreckender Rehbock auch vermocht.

Rotdorn

Immer, wenn im Garten unserer Nachbarn der Rotdorn blüht, fällt mir die Straße mit dem grauen Haus und dem Laden ein, den es schon lange nicht mehr gibt. Die Straße hieß nach einem berühmten Mann, dessen Namen ich mir nicht merken konnte. Für mich war es die Rotdornstraße. Rotgrünen Riesenbällen gleich, beschatteten die Baumkronen das Pflaster. Im Kellergeschoss eines grauen Mietshauses hatte sich mein Großonkel einen Gemischtwarenladen eingerichtet. Ich wollte gern die Außenstufen hinauf und die Innenstufen hinab durch den Laden in die Wohnung gehen. Aber Mutter zog mich zur Rückfront des Hauses in einen engen Hof. Diesen Eingang mochte ich nicht. Im Treppenhaus roch es nach Abort.

«Wir sind keine Kunden. Wir sind Besuch. Keine Widerrede», sagte Mutter. Und kurz darauf zur Großtante: «Ich habe dir frische Eier mitgebracht.»

«Schönen Dank. Wie viele sind es denn?»

«Zwei Dutzend», sagte Mutter und legte die mit dem «Freiheitskampf» umwickelten Eier behutsam auf den Küchentisch. Inzwischen hatte die Großtante Geld aus der Ladenkasse geholt und drückte es Mutter in die Hand.

«Das war aber nicht nötig», versicherte Mutter und ließ die Münzen in die Handtasche fallen.

Ich hörte die Ladenklingel und des Großonkels Stimme. Mit verkrampftem Gesicht wand ich mich auf dem Küchenstuhl. Endlich fragte Mutter: «Was ist denn mit dir?»

«Ich muss mal.»

Die Großtante fragte: «Findest du dich?»

«Ja», sagte ich und stand schon im fensterlosen Flur. Kurze Zeit verweilte ich in dem unglaublich hohen düsteren Örtchen. Von dort schlich ich mich zur angelehnten Hintertür des Ladens, in den wiederum mehrere Stufen hinabführten. Zum Glück streckte sich der Großonkel auf der Stehleiter vor dem Regal nach einem Riegel Kernseife aus und konnte mich nicht gleich entdecken. In dem Augenblick, als er sich dem Ladentisch zudrehte und seine Brillengläser mich einfingen, sagte die Kundin: «Ach, geben Sie mir bitte zwei Riegel.»

Der dicke Großonkel erklomm erneut die schmale Leiter und zog sein steifes Bein auf jedes Trittbrett nach.

Erregt kostete ich die unfassliche Vielfalt seiner Reichtümer aus, die Obststiegen, Gläser, Säcke, Dosen, Schachteln, Fässer, Flaschen, Kartons und Regale füllten. Was mochte noch unter dem Ladentisch und in den beschrifteten Zugfächern verborgen sein? Wenn mich der Großonkel nur einmal alles in Ruhe betrachten ließe!

«Schieb ab», vernahm ich und spürte den Druck seines Armes, eine Geste, die auch ein Kind nicht missdeuten konnte. Zum Trost fand sich in meiner Hand eine Stange Sahnebonbons, die andere kühlte ein Brocken rotweißen Pfefferminzbruchs.

Ich kehrte in die Küche zurück. Ich glaube, die Großonkelküche war für uns eine Art Bahnhofswartesaal, wo wir nichts zu verzehren brauchten. Und obendrein hatte man sich wieder einmal gesehen.

«Junge, hast du etwa gebettelt?», fragte Mutter und langte nach ihrer Handtasche.

«Ach lass nur», sagte die Großtante, ergriff die Groschen, lief in den Laden und brachte meiner Mutter drei Pfennige zurück. «Es kostet nur siebzehn», meinte sie.

Scheinbar unbeteiligt am Handel der Großen, katschte ich auf jeder Seite mit den Backenzähnen ein Sahnebonbon, und dazwischen schwoll mir die Zunge von dem beißenden Pfefferminzstück.

Trost für Kishi

Gleich zu Beginn der Reise erreichte uns im Moskauer Hotel ein Anruf aus Petrosawodsk, der vorgesehene Besuch des Freilandmuseums auf Kishi mit seinen alten Holzkirchen und Bauernhäusern könne nicht erfolgen, da der Onegasee in Inselnähe noch vereist sei. Es würden von der Gruppe Vorschläge für Ersatzunternehmungen erbeten. Begreiflicherweise war keinem von uns Karelien ein vertrautes Gebiet, auch die ständig um uns bemühte Dolmetscherin hatte den Drang nach den nördlichen Gefilden ihres Landes bisher nicht verspürt. So gab es zwischen Enttäuschung und Vertrauen auf die Kraft des Frühlings, die in den Anlagen um den Kreml schon Birken und Aspen begrünte, so unterschiedliche Zukunftsausblicke, wie die Reisegruppe zusammengesetzt war. Immerhin, es war schon der zweite Frühling, den wir in diesem Mai erlebten. Aus dem ersten waren wir gekommen. Weshalb sollte es auf den Wegen nach Norden, nach Pskow und weiter nach Petrosawodsk, nicht einen dritten oder vierten Frühling geben? Auch blieb noch eine gute Woche Zeit, in der die Wogen des Onegasees die letzten Eisbarrieren brechen könnten. Wir beschlossen also, vorerst abzuwarten.

Auf abendlichem Rückweg zum Hotel sah ich in der Auslage einer Buchhandlung einen Bildband liegen mit Holzkirchen. Die Verkäuferinnen hatten schon die Mäntel an, es war einundzwanzig Uhr und gerade Ladenschlusszeit. Der Arbeitstag beginnt natürlich auch dementsprechend später. Wir sagen: Morgenstunde hat Gold im Munde. Gewiss, doch auch Ausschlafen kann Gold sein. Mit einigen Armbewegungen, die Kaufen, Lesen, Bezahlen und Bitten um Öffnen der Tür in einem darstellten und, nach anfänglichem Kopfschütteln, zu unserer Freude auch in diesem Sinne ausgelegt wurden, bedienten uns alle drei Verkäuferinnen in lebhafter Bereitwilligkeit. Während eine mit kletterakrobatischer Mühe das letzte Exemplar des Holzkirchenbuches aus dem höchsten Auslagegestell des Schaufensters holte, türmten ihre Mitarbeiterinnen verlockende Stöße von Ikonen-, Kirchen- und baugeschichtlichen Bild- und Kunstbänden vor meiner Frau und mir auf und ließen sich auch nicht davon abbringen, nachdem ich ihnen unsere Zahlungskräftigkeit unter Vorzeigen eines bescheidenen Rubelvorrates dargestellt hatte. Dann möchten wir uns die Bücher wenigstens einmal durchblättern. Nach zehn Minuten schieden wir mit vielen Dankes und Bittes, in beiden Sprachen wechselseitig gebraucht, und mit unserem Kishiersatz unterm Arm, ließen uns noch ein Stück auf dem dicht belebten Bürgersteig der Gorkistraße hintreiben – wann endet eigentlich in diesem Land der Abend? – und rauchten mit Genuss in unserem Zimmer noch eine der guten und preiswerten Stolitschnie.

Es fällt mir schwer, die Tage von Pskow zu übergehen, den Hotelportier, der jeden von uns freudig mit Handschlag begrüßte; die weiß leuchtenden Steinkathedralen, die Fahrt durch die Pskower Schweiz zum Kloster Petschory, Sitz eines Archimandriten, wo etwa sechzig Mönche leben. Aber ich wollte von Karelien schreiben, und Pskow war auf dem Wege dorthin eine Station, eine unvergesslich lohnende allerdings. Nach hier kam uns aus Leningrad die neue Reisebegleiterin Irina entgegen. Hier erreichte uns erneut der Anruf, Kishi bliebe noch immer umeist, und wir möchten uns dringend einen gleichwertigen Ersatz überlegen. Beim ausgiebigen Mittagsmahl wurde wiederum, nachdem es in den

Stadtwallparks von Pskow und an den Hängen der windungsfreudigen Pskowa ein drittes Mal Frühling geworden war, beschlossen, vorerst auf Kishi nicht zu verzichten. Irina meinte: «Nun gut, nehmen wir dann eben einen Hubschrauber.»

Um drei Uhr dreißig weckte das Telefon. Der Bus brachte uns zum Bahnhof. Fünf Stunden fuhren wir im Liegewagen durch Wälder, die alle gewohnte Vorstellung von Wald aufhoben. Wald, das sind für mich Fichten oder Kiefern oder Buchen oder Eichen oder Lärchen oder eine Mischung davon, in Reihen gepflanzt. Wald zu beiden Seiten der Bahnstrecke nach Leningrad, das sind Aspen, Birken, Kiefern, Fichten, ungeordnet und dicht, mit Sümpfen durchzogen, voller Unterwuchs, voller Buschwindröschen kilometerweit und mit welcher Flora noch? Ich wünschte mir Kishi beharrlich vereist und dafür eine Fahrt in karelische Wälder. Ein Kranichpaar flog, dem Norden den Frühling zurufend, ein Stück mit in der Fahrtrichtung des Zuges, nahe und tief über dem Wald. Wie viel verborgenes Tierleben mochte es in diesen Wäldern, ihren Brüchen und Sumpfrändern noch geben, von dem kaum ein Mensch etwas wusste? Riesige, ungestörte Biotope. Wie lange noch? Sehr lange schon. Und deshalb nicht ohne Hoffnung für die Zukunft.

Wir saßen am Fenster und tranken aus großen Gläsern Tee, den die Schaffnerin des Schlafwagens für vier Kopeken im eingebauten Samowar bereitete. Mir fiel die tief reichende Beastung der Fichten und Kiefern auf und die Schmalkronigkeit der Bäume. Beide Holzarten unterscheiden sich dort kaum im Habitus voneinander. Mit den eng am Stamm durchhängenden Ästen dürfte es seinen guten Grund haben: Angepasst an lange Winter, können die Schneemassen leichter an den Zweigen herabgleiten. Tatsächlich konnte ich nicht einen Nadelbaum sehen, dem der Schnee – wie es in unseren Wirtschaftswäldern oft bis zur Katastrophe geschieht – den Wipfel abgebrochen hatte.

Manchmal ein Flussbett, aus Balken gefügte Häuser, eine größere Waldsiedlung, ein Sägewerk. Aus Stein und Beton waren meist Bahnstation und Magazin. An Waldeinschnitten stand zuweilen eine Hütte, Stützpunkt für Jäger, Forstarbeiter und Waldhüter vermutlich. In längeren, ziemlich regelmäßigen Abständen war Heu gestapelt, anscheinend für die Winterfütterung des Wildes bestimmt. Beim Herausholen des Futters rutschte der hölzerne Zeltdachschutz nach, und das Heu blieb trocken.

In Leningrad gab es dann den dritten Anruf aus Petrosawodsk und offensichtlich einen sehr eindringlichen. Wir wurden vor die Frage gestellt: Drei Tage länger in Leningrad bleiben oder – ohne Kishibesuch – nach dem Norden fahren. Ich beneidete den Reiseleiter nicht, der nunmehr eine Entscheidung herbeiführen musste. Auch für mich wurde es schwierig. Ich spürte deutlich das Herz meiner Frau nach Leningrad pendeln. Meine beste Verbündete blieb eine mir sehr liebe, beneidenswert bewegliche ältere Dame aus der Lausitz, die alles Unbekannte verlockte. In dem unheilbaren Optimismus einiger, die nun sogar mit einem Eisbrecher in Richtung Kishi liebäugelten, sah ich lieber keine Stütze. Unterdessen hatte Irina mit ihrem Freund telefoniert. Da war nun endlich einer, der die Gegend kannte und von berühmten Wasserfällen erzählte. Unser Zwickauer Peter winkte ab. Wasserfälle gäbe es in der Mulde dutzendweise. Er bliebe in Leningrad. Der Professor berief sich auf das Programm des Reisebüros der DDR und bestand auf Besichtigung der Holzbauten auf der Onegaseeinsel, während die Lehrerin im Ruhestand, die mich schon auf der Bahnfahrt mit empfindsamer Stimme gefragt hatte: «Bitte, weshalb sind hier in den Wäldern die Birken so weiß?», sich meiner Naturneigung anzuschließen begann. Der Propst, Onaschs Band über Nowgorod unter dem Arm, sagte, ihm sei alles gleich, denn in die Stadt der heiligen Sophia führen wir auf jeden Fall. Unser Gastwirt aus Mecklenburg war ohnehin verschnupft, weil er als Ersatz für die ausverkauft gewesene Sotschi-Reise sich für den nördlichen Spätfrühling hatte überreden lassen. Manchmal stieg er aus Protest gegen seine Fehlentscheidung gar nicht aus dem Bus, wenn es etwas zu besichtigen galt. Ein unermüdliches Ehepaar war zu allem bereit, wenn sich nur recht viel ins Notizbuch schreiben ließ, damit sie zu Hause Vorträge halten konnte, die ihr Mann mit Farblichtbildmotiven belebte, auf denen selten seine Frau nicht zu sehen sein dürfte, sei es unter der Steinwoge des

Reiterdenkmals Peters des Ersten, sei es vor dem Portal des Winterpalais oder umspült vom Wasser des Finnischen Meerbusens.

Pädagogisch nutzte der Reiseleiter den Nachtischmokka und schlug eine Abstimmung vor, wobei die einfache Mehrheit über den weiteren Reiseverlauf entscheiden sollte. Ergebnis: mit einer Stimme Mehrheit Petrosawodsk. Meine Frau hatte aus Liebe zu mir für Karelien gestimmt. Da entdeckte ein «Leningrader», dass zwei Mitglieder der Gruppe nicht anwesend seien und damit die Abstimmung wiederholt werden müsse. Also fand vor Beginn der Fahrt zur Laubhütte am Rasliwsee, in der sich Lenin in den entscheidenden Tagen von 1917 eine Zeit verborgen gehalten hatte, die endgültige Abstimmung statt. Jetzt erhob ich meine Hand für Leningrad. Einesteils wegen: siehe oben, und zum anderen fand ich, es wäre mir leichter, in der Stadt zu bleiben, wenn ich selber zu dieser Entscheidung beigetragen haben würde. Ergebnis: zwei Stimmen mehr für Petrosawodsk. Auch gut. Sehr gut sogar. Meine Frau freute sich für mich und – mir schien – auch ein bisschen schon für sich.

Neunstündige Schlafwagenfahrt nach Karelien. Und wieder Wald, Seen, Flüsse, Dörfer, Wald, Wald, Wald.

Die Straßen der Stadt sind kaum bevölkert bei unserer Ankunft. Es ist für hiesige Begriffe sehr früh, obgleich längst die Sonne scheint. An einer breiten Straße, die zum Onegasee hinabführt, steht das Hotel. Wir holen unser Wollzeug aus den Koffern und laufen noch vor dem Frühstück gegen den teerwürzigen Wind an schönen, meist zweistöckigen Holzhäusern entlang – blanke Scheiben, viele Blumen dahinter –, den zahlreichen Schneeschmelzpfützen ausweichend, zum Ufer des mit fast zehntausend Quadratkilometern zweitgrößten Binnensees in Europa. Im Norden erkennen wir bewaldete Ufer und Häuser, südöstlich nur Wasser. Und irgendwo darin liegt Kishi. Im Fernglas heben sich stellenweise vor dunklen Küstenstreifen weiße Ränder ab, Schnee oder Eis? Ich frage einen Fischer nach den Möglichkeiten eines Inselbesuches. Allenfalls mit kleinen Booten könne sie erreichbar sein, aber auch dies sei nicht ungefährlich, gibt er uns durch lebhaftes Körperschwanken zu verstehen. Auf großen

Steinbrocken, von Wasser umspült, klettern wir am Ufer entlang. Zwei kleine Mädchen verlocken uns dazu. Wieselleicht springen sie von einem rund gewaschenen Stein zum nächsten. Wir umgehen den Hafen, in dem Dampfer, Schlepper und Bagger ankern und zahllose kleine Boote, in allen Farben gestrichen, schaukeln. Es hält uns am Wasser und es zieht uns zum Frühstück. Über die Uferpromenade finden wir einen anderen Rückweg durch neue Wohnkomplexe zum Hotel. Es duftet stark nach aufbrechenden Balsampappeln. Die feuchte Kühle vom See, der staublose Morgenweg machen das Atmen zur Lust.

Dann, während der Stadtrundfahrt, bin ich doppelt froh um unseren Morgenweg. Für die blonde, empfangsschön gekleidete einheimische Führerin im tiefblauen Ledermantel, mit passender Lackledertasche und hellgelbem, breitrandigem Filzhut hat der See durchaus nichts Bemerkenswertes, auch die Holzhäuser zählen nicht. Dies sind für sie die Reste der alten Holzstadt, die Peter I. als Fabrikort gründete, an einem uralten See. Die junge Frau bringt uns zu den neuen Bauten der Stadt, zu den Hochschulen, den Wohnvierteln und Industrieanlagen, dem großen, auf einer Höhe erbauten und die Stadt überragenden Gewerkschaftskulturpalast, nach dem Theaterplatz. Sehr begreiflich, sie findet hier den Grund, dass sie auskömmlich leben und sich schön kleiden kann. Es ist das Neue. Die Felsbrocken hingegen – im Wasserglanz herrlich rot und blau leuchtende Steine darunter – ruhen wohl schon seit der Eiszeit an den Ufern des Sees.

Mit einem gesunden Frühstück beginnt der Tag. Joghurt, dunkles Butterbrot, fleischgefüllte Eierkuchen, Gurkenscheiben in Sahne, Mokka, Törtchen. Und dann folgt die Trostfahrt für Kishi.

Der Fahrer, braunes Gesicht und dunkle Locken, hilft den Damen in den Bus. Die Stadt lockert sich schnell auf, Gärtnereien, letzte verstreute Häuser. Der Wald beginnt und hört den ganzen Tag über nicht wieder auf. Noch eben Sonne, plötzlich ein wildes Schneetreiben. Der Bus hält. Wir denken, der erschwerten Sicht wegen. Aber nein, aus technischen Gründen. Die Motorkühlung hat einen Defekt. Nach längerer Untersuchung am Heckmotor, die der Fahrer mit Kopfschütteln und Seufzern begleitet, läuft er mit einem Eimer nach Wasser; Wasser ist zum Glück auch auf der weiteren Fahrt immer erreichbar, in einem Bach, im Straßengraben, in Pfützen, in einem Sumpf, in einsamen Brunnen, in einem See. Und als kräftige Dusche kippt er das Wasser über den heißen Motor. Danach nimmt er lachend wieder hinter seinem Lenkrad Platz. Der Mann hat sofort aller Sympathien. Wäre er bei den ersten Mängelanzeichen in die Stadt zurückgefahren, hätten wir bis zur Beschaffung eines neuen Busses kostbare Zeit verloren. Die nächsten fünfzehn Kilometer der mindestens zwanzigmal so langen Strecke hält der Motor erträgliche Temperaturen, dann, kurz vor dem Glühen, hüllt wieder ein Eimerschwapp den Bus in Dampf. Beim dritten Halt sehe ich unter Felsbrocken kleine tiefgrüne Farnwedel. Ich hole mir einen Zweig. Es ist Tüpfelfarn, auch Engelsüß genannt, denn Engel hätten einst den Menschen die süß schmeckende Wurzel als Mittel gegen die Heiserkeit gezeigt. Von Fahrtunterbrechung zu Fahrtunterbrechung nimmt meine Freude über den invaliden Bus zu, der mit geringer Geschwindigkeit auf der guten Straße durch die Wälder Kareliens fährt. Hätte ich sonst den vielen blühenden Seidelbast erkennen können, der bis in die Straßengräben wächst? Alles ist im Aufbruch. Huflattich, Sumpfporst, braune Schachtelhalmtriebe, Scharbockskraut, Walderdbeere, Sumpfdotterblume, das reinste Heilpflanzenparadies. Zwischen den Aspen, die grauer sind als unsere heimischen, blühen Weiden. Und die Birken sind wirklich bis fast zum Stammfuß dünnborkig weiß. Es wundert nicht, dass Birkenrinde hierzulande einst Schreibpapier war. Am liebsten schnitte ich mir ein großes Stück heraus aus einem Stamm. Aber dazu wäre ein größerer Schaden am Bus erforderlich, den ich mir wiederum nicht wünsche. Auch die hellbraune Spiegelrinde der Kiefern reicht tief herab. Ist es das Zeichen gesunden Standortes oder liegt es am größeren Wärmebedürfnis in der kurzen Vegetationszeit? Über den violetten Birkenzweigen ein erster, mehr geahnter als zu erkennender Schimmer von Blattgrün. Die Stämme sind auffallend gerade und vollholzig schlank. Viel formenreicher Wacholder steht im Unterwuchs. Die trockenen Dünenzüge bedeckt dichter Rentierflechtenfilz, graublaue, kräftige Pflanzen. Wild lebende Rentiere stehen übrigens unter Naturschutz.

Und immer wieder Einblicke in Seen. Sechstausend soll es in diesem Gebiet geben. Die nächste Kühlpause wünschen wir uns an einem See. Wir stellen uns zu den angelnden Männern, die mit dem Kübelwagen hergekommen sind. Zu ihren Füßen liegen, nach Arten sortiert, Häufchen von Rotaugen, Barschen, Zandern und Hechten. Kleine Fische werden später auf Fäden gezogen und – so sahen wir es schon in der Stadt – an die Fenster in die Sonne zum Trocknen gehängt. Es ist gewiss die älteste, einfachste und bewährteste Konservierungsmethode.

Nach drei Stunden gelangen wir an die Marsialquellen. «Der erste Kurort Russlands!», erzählt die junge Begleiterin im blauen Mantel. «Ein leidender Bauer hatte vom Wasser dieser Quelle getrunken und war in drei Tagen gesund geworden. In seinem Auftrag musste ein Schreibkundiger Peter I. von der Wunderheilung berichten. Dafür bekam der Schreiber vom Zaren einen Sack Goldrubelchen. Lediglich drei Stück gab er davon dem Bauern ab. Der Benachteiligte erfuhr jedoch von diesem Betrug und beklagte sich mithilfe eines ehrlicheren Schreibers beim Zaren, der ihm dann ein Stück Land schenkte. Peter I. ließ sich an der Quelle ein Häuschen bauen und eine Holzkirche dazu und reiste zum Moorbaden und Eisenwassertrinken in diese entlegene Gegend.»

Die zweireihige, im Jahre 1720 errichtete Ikonenwand jener kleinen, auf halber Höhe des Hügels gelegenen Holzkirche zeigt ein Christusbild mit den Gesichtszügen des irdischen Herrschers, und die Jungfrau Maria trägt das Antlitz der Zarin. Auf dem Höhenzug über dem Quelltal steht heute ein Sanatorium. Auch wir kosten von dem Wasser.

Während einer neuen Motorkühlpause finde ich niedrige Pflanzen mit rundlichen Blättern. Ich will es nicht glauben, aber es ist wirklich Pirola rotundifolia, das Rundblättrige Wintergrün. Es wächst sehr dicht und auf einer Fläche groß wie eine Tanzdiele. Ich denke an die Bedachtsamkeit, mit der im heimischen Wald von Naturschützern kleinste Vorkommen einer Wintergrünart gehegt und verheimlicht werden. Und damit meine Entdeckerfreude vollkommen sei, grünt auf nicht minder großen Flächen Sprossender Bärlapp. Und immer wieder, soweit ein Einblick in den Wald möglich ist, die weißen Sterne der Anemone.

Ab und an Waldsiedlungen und Fuhrparks für Langholzfahrzeuge. Auch die Forsten mit deutlichen Anzeichen planmäßiger Bewirtschaftung verlieren nie den Charakter Naturwald. In fast jeder Hofumzäunung steht, ein wenig abseits, ein kleines Blockhaus mit hohem Schornstein, die Sauna. Wieder Seen. An einem sehr großen, durch seine Windungen nicht überschaubaren See entsteht aus einem kleinen Walddorf eine neue Stadt. Schon jetzt dehnen sich die mehrstöckigen Neubauten über Höhenzüge an den Ufern hin. Es wird das größte Papierherstellungskombinat der nördlichen Republiken, erzählt die Petrosawodsker Reisebegleiterin. Nun erklärt sich mir auch die Verwendung der vielen Tausend Langhölzer, die weite Teile der Wasseroberfläche bedecken. Das Holz wird zum Verarbeitungsort geflößt. Peter, der Zwickauer, der die russische Sprache so gut beherrscht, dass selbst die kluge Irina ihn lobt, liest uns die Schrift über einer Reihe weiblicher Großporträtfotos vor: «Die Leuchttürme der Verkaufsstelle grüßen!» Es sind die Magazinverkäuferinnen, die zum 1. Mai ausgezeichnet worden sind.

In einem Dorf wird der Bus von Miliz gestoppt. Auf der Straße stehen Feuerwehren und viele Menschen dabei. Irina steigt aus und berichtet dann: «Nichts Schlimmes weiter. Nur ein Brändchen. Das Haus ist schon fertiggebrannt. Alle Menschen und was im Haus war, sind gerettet. Es ist also nicht viel traurig. Ein Haus aus Holz ist bald wieder gebaut. Holz ist, wie Sie sehen, viel da. In zwei Wochen fast können die Leute wieder einziehen.»

Nach einer weiteren Fahrtstunde mit immer gleich lohnenden, jedenfalls für mich und einige andere lohnenden Unterbrechungen zwecks Motorkühlung lässt Irina den Bus halten. Hier müsste, so hatte es ihr Verlobter beschrieben, der Wegweiser zu den Wasserfällen stehen. Unsere Petrosawodsker Begleiterin äußert Bedenken wegen der Nebenstraßen, aber Irina bleibt fest. Ihr

Freund hat die Wasserfälle empfohlen und wir müssen die Wasserfälle sehen. Drei Waldwege vereinigen sich neben der Hauptstraße zu einem von vielen schweren Fahrzeugspuren durchfurchten Platz. Mitten darauf liegt umgefahren der hölzerne Wegweiser mit der Aufschrift: Wasserfälle bei Kiwatsch. Der Fahrer kühlt diesmal den Bus vorsorglich sehr lange, während die Frage des Mecklenburgers nach einer Waldgaststätte nicht nur auf Irina erheiternd wirkt. Dann probiert der willige Kraftfahrer den rechten Weg in den Wald, der sich nicht als der rechte erweist. Nach zweihundert Metern hört er auf. Mit gekonntem Wenden in vielem Vor- und Rückwärtsmanövrieren kommen wir zum Wegweiserplatz zurück. Der Fahrer erinnert sich nun, vor Jahren schon einmal hier gewesen zu sein, und meint, es müsse die linke Einfahrt sein. Auf dieser treffen wir nach einem Kilometer auf Forstarbeiter und hören, der richtige Weg zu den berühmten Wasserfällen ist der mittlere. Der Bus aber muss erst einmal auf der frühlingsgrundlosen Schneise weiterschwanken, bevor in einem trockenen, lichten Kiefernwald das Wenden stattfinden kann. Dies alles läuft ab ohne eine Andeutung von Unwillen in den Augen des gemütvollen Fahrers. Nur gegenüber der unaufhaltsam auf ihn einredenden Petrosawodsker Begleiterin stellt er sich taub. Die mittlere Straße befindet sich im Ausbau. Auf einer Fahrbahnhälfte lagern Steinhaufen. Die Strecke ist nur einspurig passierbar und häufig nach der Schneeschmelze zu einem Schlammbach eingefahren, dessen Sohle wir als nicht gerade eben empfinden. Ganz schlimme Einbruchstellen sind durch Knüppeldämme umgangen, die der Fahrer mit Millimetergeschick überrollt. Unser Vertrauen zu diesem Mann lässt sich nicht mehr erschüttern. Ein mit Holz beladener Lastwagen kommt entgegen. Mit kräftigen Zurufen und eindeutigen Gebärden versuchen die Fahrer einander zu erklären, dass jeder von beiden der Stärkere sei. Es fällt mir schwer, meine Sympathie nicht den Holzmännern zuzuwenden, immerhin erkenne ich innerlich an, sie dürfen sich in diesem Bereich zuständiger und somit befugter fühlen als ein städtischer Omnibus. Die Mitteilung Irinas endlich, es handle sich bei den Insassen um Touristen, die die berühmten Wasserfälle besichtigen wollen, entscheidet die Lage umgehend. Das Holzfahrzeug rollt zurück. Wir winken uns zu.

Was sich in den nun folgenden Niederungen und sanften Erhebungen in diesem Walde an Wald offenbart, übersteigt alles bisher Gesehene. Mächtige, walzenförmige Kiefern und Fichten und Lärchen, holzartenreicher Laubmischwald mit Birken, an deren Rindenbeschaffenheit die Flammenmaserung ahnbar ist. Hier wächst Schlafzimmerfurnier für verwöhnten Anspruch. Am Wege stehen Tafeln mit einem mächtigen Elchkopf darauf. Peter übersetzt: Achtung! Elchjagdgebiet.

Hier gehört auch der Wolf zum Standwild. Wer einen erlegt, bekommt eine Abschussprämie. Die völlige Ausrottung dürfte allerdings weder beabsichtigt noch möglich sein. Wodurch soll in solcher Landschaft jemals ein wirkungsvoller Wasserfall zustande kommen?, fragen wir uns. Der Bus hält. Alles aussteigen. Wir sind am Ziel. Aber was heißt Ziel? Für mich war jedes Halten ein Ziel, das sich lohnte.

Als Erstes sehe ich auf einer großen Wiese zwischen einzelnen Baumgruppen sehr gepflegte Blockhäuser und farbige Holzhütten mit verschlossenen Fensterläden, vermutlich Jagdhütten.

«Mir nach», ruft Irina. Wir folgen und hören es rauschen. Fünf Meter in die Tiefe rinnt, durchglitzert von Sonne, ein Wasserfällchen an moosgrünem Gestein herunter und sammelt sich in einem Felsenbecken. Von diesem drängt das Wasser durch eine über hundert Meter lange, aus starken Bohlen gefügte Trift mit schnellem Gefälle in einen großen See, an dessen Ufern dicht bewaldete Hänge aufsteigen. Die zeitlose Ruhe über allem, die Luft, wie wir sie in solcher Sauberkeit nie geatmet zu haben glauben, das Gefühl, von endlosem Wald umschlossen zu sein, lassen selbst Peter seine Muldenwasserfälle vergessen. Leider können wir, weil Sonnabend ist, das Triften der Stämme nicht erleben. Nur die Hölzer sind da und die Floßhaken liegen bereit. Irina winkt, wir folgen ihr zum Ende des Laufsteges bis über das Seeufer und stellen uns die aus der Trift in das Wasser hineinschießenden Stämme vor. Durch viele zusammenhängende Gewässer ist der vor uns liegende See mit jener Papierkombinatstadt verbunden, durch die wir gefahren sind. Tausende von Festmetern Holz können auf diese Weise befördert werden, und das ursprüngliche Bild der Natur wird nicht gestört.

Alle möchten bleiben, aber der Heimweg ist weit, der Bus hat seine Tücken und am Abend ist der Besuch eines Volksstückes im Finnischen Theater vorgesehen: Die Kinder der Natur.

Mit bewussten Augen nochmals alles ins Herz fotografierend, besteigen wir den Bus. Es gibt Orte, zu denen man nicht wiederkehren wird.

Der gleiche Rückweg mit neuen Einblicken. Die Holzfäller winken. Im Dorf der Brandherd ist schon ohne Rauch. Die Menschen haben sich verstreut. Morgen wird der Neubau beginnen. Motorkühlung an einem Frühjahrsschwemmsee in einer unübersehbaren Sumpfniederung mit verstreut blühendem Weidengebüsch.

Meine Frau fasst mich am Arm: «Siehst du den Vogel dort?» Kaum einen Steinwurf weit von der Straße steht ein langbeiniger, schlanker Vogel und stochert im seichten Wasser herum. Braunes, dunkel geflecktes Gefieder hebt sich deutlich vom Hintergrund ab. Unverkennbar ist ein langer, leicht nach abwärts gebogener Schnabel. Wir haben beide noch nie einen großen Brachvogel gesehen. Aber ein Zweifel ist ausgeschlossen. Durchs Fernglas sehe ich einen weiteren Brachvogel im Gleitflug einfallen. Uns beglückt der Anblick der Vögel im lichtgrün durchgrasten Wasser. Bus und der hantierende Fahrer vergrämen sie nicht.

Noch einmal lässt die Reiseleiterin halten. Sie habe noch eine Überraschung für uns, lässt sie durch Irina bekannt geben. Wir gehen ein Stück in den Wald, müssen Sumpflöcher überspringen und stehen vor Felswänden, die wir auf der Hinfahrt nicht bemerkt hatten. Wir sollten die Mühe nicht scheuen und die Steine erklettern. Wir würden es nicht bereuen. Das liebenswürdige älteste Ehepaar der Gruppe steht als Erstes auf dem kahlen Felsenrücken. Die alte Dame breitet die Arme aus. Tief unter uns beginnt – wo mag er enden? –, mit zahllosen Inselchen durchsetzt, von Waldzungen umbogen, ein tiefblauer See. Kein Haus an den Ufern, kein Boot auf dem Wasser, kein Mensch. Auf einer näheren Insel brüten und putzen sich Schwäne. Einzelne Wildenten fliegen. Wechselndes Gewölk am Horizont. Auf den Felsen zu unseren Füßen Spuren von Lagerfeuern. Wer hier lagert, muss schweigen oder singen.

Über Spalten und Absätze der Granitfelsen helfen wir einander zurück zur Straße. Der Fahrer vergisst das Motorkühlen. Er will uns pünktlich zum Theater bringen, was auch wirklich gelingt. Dort hören wir den Gesang, der zu der Höhe über dem See gepasst hätte.

Kurz vor Mitternacht besteigen wir nach einem langen Abendessen – dazu ist vor Theaterbeginn keine Zeit mehr gewesen – den Bus. Es gab Butterbrot mit Letscho, zarten, saftigen Süßwasserfisch mit Schnittlauchtunke und Salzkartoffeln und Fruchtsaft, danach Tee mit Kuchen. Der Bus bringt uns zum Bahnhof. Über den Dächern von Petrosawodsk und über den Wäldern steht rot vom Sonnenuntergang der Mitternachtshimmel.

SOMMER

Als die Sümpfe blühten

Die Sümpfe blühten, Ende Mai oder schon im Juni. Wasserschwertlilie, Wollgras, Moosbeere, Wildes Rosmarin, die Seerosen hatten sich schon geschlossen am späten Nachmittag. Strauß-Felberich gehörte dazu, Bittersüßer Nachtschatten, Läusekraut. Wir liefen jede Windung des Sumpfes aus, immer auf der Grenze von Kiefernnadeln und Torfmoos. «Geh langsam», sagtest du. «Wir wollen uns die Zeit nicht zum Feind machen.»

Es gibt wirklich Froschkonzerte. Die besten Stimmen, die variationsreichen, kommen aus dem verlandeten Zuflussgraben. Eine beginnt. Holz klänge so im Ächzen der Fasern, ließe es sich wie Papier ganz langsam in den Händen zerdrehen. Dann der Chor, urplötzlich, jede Stimme mit eigener Melodie. Nicht Stimmen, Instrumente! Es ist ein Konzert. Es schwillt und schwebt über dem Sumpf. Es sinkt zurück. Ein Spieler nach dem anderen fällt aus. Die Kadenz behält sich wohl der Eröffner vor. Genießerisch bläht er noch einmal die Schallverstärker auf und schwingt mit einer tiefen Schleife aus. Sekunden Stille, in die der scheue Flötenhauch der Unke weht. Ein neuer Satz. Ganz anders. Jeder ganz anders, freudig alle. Bachfest der Frösche.

Wir gehen langsam. Das Orchester begleitet uns. Es spielt immer, wo wir gerade sind. Entenpaare schrecken auf, fallen schnell wieder ein, auf die Nester zurück. Zum Fürchten ist jetzt wenig Zeit. Im August, wenn die großen Flüge vor den Schüssen fliehen, trauen sie nicht mehr dem dichtesten Schilf.

Welcher Kontrast an unserem Weg bei kaum einem Meter Höhenunterschied. Bis zum Sumpfrand Kiefernwald, dürr, es riecht richtig nach Feuer, wenn es nicht regnet. Hartblättriges Preiselbeerkraut und graues Hungermoos zwischen pilzkranken Jungkiefern, darüber storchnestflach die schütter benadelten Altholzkronen. Und gleich daneben wassersattes Sumpfmoosgrün, durch das sich die rosa Rankenspitzen der Moosbeere ziehen. Dahinter sprießt die neue Schilfwand zwischen dem Gestänge der alten Wedel auf. Bald wird sie uneinsehbar geschlossen sein.

«Bleib stehen», sage ich, «ein Reiher!»

Einen kleinen Steinwurf nahe steht er im Schilf. Er wendet den Kopf. Ich sehe die großen Augen, die gelben Irisringe, leblos starr. Den klobigen Schnabelansatz, die dürre Brust. Er bewegt die Schwingen, aber bleibt am gleichen Platz.

«Der steckt mit einem Ständer im Fangeisen», sage ich. «Unmöglich, dass er sonst bliebe.»

Meist entdecken wir die Reiher nur, wenn sie uns bemerkt haben und sich aus dem seichten Wasser erheben, während wir noch im Walde sind. Oder wir stehen und beobachten den gegenüberliegenden Waldrand. Und plötzlich brechen dort Baumspitzen ab und sind Graureiher und gleiten mit großen Schwingen und schreiend über das Wasser.

«Können wir ihn nicht befreien?», fragst du.

Ich halte es für gefährlich, der Schnabel macht mich unsicher. Aber du willst es. Ich sehe es an deinen Augen. Man könnte sich mit dem Mantel das Gesicht schützen und mit der freien Hand den Schnabel fassen. Dann müsstest du ihm den Schnabel festhalten und die Schwingen dazu, und ich versuche, das Eisen zu öffnen.

«Lass uns Schuhe und Strümpfe ausziehen!», entscheide ich. Und ich sage: «Gehe hinter mir, hier können noch mehr Eisen liegen.»

Zwischen den Zehen, um die Beine quetscht Moorschlamm und steigen Blasen. Der Reiher hebt und senkt den Kopf, der Hals windet sich. Die Flügel versuchen sich auszubreiten, das Schilf scheint sie zu hindern. Wieder sehe ich in die Augen, ihre angstvollen, gelben Kreise.

«Bleibe ruhig», höre ich hinter mir, «du sollst wieder fliegen können. Hab keine Angst. Wir wollen dir helfen.»

Das Wasser reicht schon bis ans Knie. Noch drei unsichere Schritte. Meinen Lodenmantel als Schild vor dem Gesicht, greife ich mit der freien Hand nach dem grauen Hals. Da torkelt der Vogel davon. Ein Ständer knickt ein. Gestützt vom Schilf, unserem Zugriff entzogen, bleibt der Reiher wieder stehen. Ein Eisen ist es also nicht.

«Er muss sich ein Bein verletzt haben», sage ich. «Oder er ist überhaupt krank. Die Brust scheint mir magerer zu sein, als Reiher sie ohnehin haben. Auch liegen die Federn nicht glatt. Dem können wir nicht helfen. Er hat sich von seinen Artgenossen abgesondert und erwartet hier den Tod. Wir sollten ihn nicht länger stören. Außerdem glaube ich nicht, dass er sich fangen ließe.»

Auf dem warmen Nadelboden sitzen wir und trocknen unsere Füße an meinem Lodenmantel. Wir hören die Frösche, die Unken, schläfriges Entenquarren. Ein Sprosser singt.

Im Weitergehen pflückst du einen blühenden Preiselbeerzweig, eine Moosbeerranke, einen Wollgrashalm, einen gelb stäubenden Kieferntrieb. Ich mag deine kleinen Sammelsträuße. Dann kommt der verwachsene Damm, den kein Fahrzeug befahren kann, darum ist er verwachsen. Er ist schmal, stark gewölbt und hat viele Löcher, auf die man achten muss, wegen der Knöchel und wegen der Wespen, die gern darin nisten. Dein kleiner Strauß wächst.

«Mich stört der Reiher», sagst du.

«Mich auch.»

So lässt man sich täuschen. Dieser Abend, und im Schilf steht ein Reiher und stirbt. Wenn du ihn nicht gesehen hättest, wäre nur dieser schöne Abend da.

«Er hätte sich bestimmt nicht fangen lassen», wiederhole ich, weil mir nichts Besseres einfällt.

Dann lockt uns die gewaltige Pappel, die abgesägt und entastet im Wasser liegt, nachdem sie der Sturm entwurzelte. Wer soll sie herausschleppen? So schwimmt sie seit Jahren hier. Wir balancieren auf dem trockenen Streifen Borke, die Rundung schaukelt leicht. Das Wasser ist klar bis zum Grund. Rutschten wir ab, das Wasser wäre schwarz und wir auch. Lachend stellen wir uns ein solches Moorbad vor. Am Ende des Stammes entdeckst du ein Nest aus altem Schilf, in eine Astgabelmulde gebettet, fünf Blesshuhneier darin, steingrau, über und über rotbraun gefleckt. Gleich darauf flüchtet das schwarze Blesshuhnpärchen vor uns von einem Teich zum anderen mit eiligen Hühnerschritten über den Damm, die Hälse fast am Boden, ganz auf Deckung aus.

«Der Reiher», sage ich, «wäre ein Thema für ein Gedicht.»

«Und was hätte er davon?», fragst du. Du bückst dich nach einem Strauß-Felberich-Trieb, der einer kleinen blühenden Weide ähnelt. Ich bin froh, dass ich dich dabei halten kann, damit du den Zweig am unterspülten Damm erreichst. Es spart mir die Antwort, die dich nicht befriedigen würde. Einen Gedanken ahne ich schon. Gott hat den Reiher gedichtet, alles, seinen Flug, seine Fischräuberei, seinen Tod. Ich kann nur bedichten, weil ich sterblich bin wie der Reiher.

Beim Weggehen vom Teich liegt Sonne über dem Südrand. Dort ist das Schilf. Dort steht der Reiher.

Dein Strauß ist schön in der breiten Tontasse auf dem Tisch.

Am Abend berichte ich dem Jungen unser Erlebnis. Er lässt sich genau beschreiben, wo es war. Er will sofort losgehen. «Den fange ich. Heute ist Vollmond. Ich kriege ihn bestimmt.»

Kurzes Besinnen: «Nein, morgen früh. Ich fotografiere ihn. Dann mache ich ihn tot und präpariere ihn für mein Zimmer.»

«Nein», sage ich. «Wenn du schon versuchen willst, ihn zu fangen, dann bieten wir ihn dem Tierpark an.»

Du lächelst. Ich errate, was du denkst: Was ist hier für ein Unterschied zwischen Reiher fotografieren, präparieren und bedichten?

Der Junge hat den Reiher nicht mehr gesehen. Für uns gehört er nun zu diesem Teich, mehr als die auf den Bäumen, die davonfliegen.

Der Nistkasten an der Wildrose

Über drei Jahrzehnte führte ich Gruppen durch das Uhyster Forstrevier, vorwiegend Schulklassen an Wandertagen. Auch Erwachsene kamen. Das reichte von Aquarianern und Insektenkundlern bis zu Hebammen des Bezirkskrankenhauses, von Pfarrkonventen und Biologielehrern bis zu Mitarbeitern des Finanzamtes und Ausflügen des Blindenverbandes. Die Erblindeten fürchtete ich zu enttäuschen. Mangelnde Musikalität bewahrt nicht viele Vogelstimmen in meinem Gedächtnis. Die Sorge war unbegründet. Die Blinden wollten die Wege genau beschrieben haben, Waldbilder, Teiche, Baumarten, Vögel, Schlangen, alles. Und sie wollten berühren, Blattformen, Laubfrösche, einen fast flüggen Wendehals, Pilze.

In mir hatte sich eine Repetition entwickelt. An immer den gleichen Stellen ließ ich halten und erzählte immer das Gleiche: Forstgeschichte, Wildverbreitung, Brandgefahr, Ursachen für Baumsterben, vom Menschen ausgelöste Verluste an seltenen Pflanzen und bedrohten Tierarten. Zur Auflockerung flocht ich Fragen ein, etwa: Wie viel wiegt eine Kohlmeise? Sie ist die größte «unserer» Meisenarten. Die Schätzungen schwankten zwischen 10 und 150 Gramm. 17 Gramm, sagte ich und ergänzte mein Bücherwissen damit, dass der tägliche Nahrungsbedarf der 14 Zentimeter langen Meisenart ihrem Körpergewicht entspräche. Dies ließe sich mit 600 Raupen des schädlichen Kiefernspanners veranschaulichen. Zur Aufzucht einer Brut benötige ein Kohlmeisenpaar sogar 3000 Raupen, was der Häufigkeit des Fütterns gleichzusetzen sei.

Nun, im Alter, bot sich mir ein Blaumeisenpaar für eigene Beobachtungen an, wobei die Bequemlichkeit dazu eine unwiderstehliche Herausforderung war. Ununterbrochen tönte das Zisisi des Nachwuchses aus dem Kasten wenige Meter gegenüber dem großen Vorraumfenster. Ich saß bei Rhönsprudel oder Tee und führte Strichlisten. Mit 11,5 Zentimeter Länge gehört die Blaumeise neben Tannenmeise, Haubenmeise, Sumpfmeise und Weidenmeise zu den kleinen Vertretern der Gattung. Wie die Kohlmeise brütet sie zweimal im Jahr, kann aber mit bis zu vierzehn Eiern im Gelege ihre Verwandten übertreffen.

So löste ein Junimorgen in mir Zählzwang aus. Ständig flogen die Eltern den Kasten an und verschwanden im Einflugloch. Manchmal trafen sie zur gleichen Zeit ein. Es gab nur einen «Zusammenstoß». In der Regel wartete ein Partner auf der nahen Rose, bis der andere, oft mit einem weißen Kotballen im Schnabel, die Jungen verließ. In Abständen, die mir repräsentativ erschienen, notierte ich Fütterungsanflüge mit Daten, Uhrzeit und Witterungsangaben. Die Zahlen waren auf das Paar bezogen. Männchen und Weibchen unterscheiden sich ohnehin nicht.

Während ich die Trippelschritte der soeben eingetroffenen Bachstelze begrüßte, musste ich offensichtlich Fütterungsanflüge übersehen haben. Ich durfte mich nicht ablenken lassen. Nur für Sekunden nahm ich noch das Umfeld wahr. Kraftvoll zerrte das Drosselpaar im gemähten Gras Regenwürmer aus den Löchern. Ich schielte zum Rotkehlchen auf dem Brunnenstein. Der Blick streifte den Kernbeißer im weißen Flieder unter der Blutbuche. Zwei Junghasen, im Garten gesetzt, blieben ihrem Geburtsort treu und fraßen der Nachbarin alle Nelkenblüten ab. Ich mochte die Hoppler mit dem wählerischen Futtergemümmel und den ständig zuckenden Löffeln, durch die das Sonnenlicht schien. Meinen Ärger über die verschwundenen Kuckuckslichtnelkentriebe unterdrückte ich. Ich hatte sie einer verwilderten Wiese entnommen und wollte fehlendes Rot in unsere Grünfläche bringen, auf der Hahnenfuß, Margeriten und Glockenblumen seit Jahren gediehen. Der vor dem Mähen darum gebetene Nachbar hatte die Pflanze für den Samenausfall verschont. Die Hasen fraßen sie ab. Auf die Sprünge des Eichhörnchens, das zur Vogeltränke eilte, achtete ich kaum. Die Hexameter-Idylle «Stunden im Garten» von Hermann Hesse ging mir durch den Sinn, sein musischer Umgang mit Beeten und Blumen. Ich starrte auf den Nistkasten und gelobte Einmaligkeit dieser «Fütterungsstudie». Auf dem Dachfirst des Nebengebäudes, genau über dem Blaumeisenkasten, jubelte im prasselnden Regen die Amsel. In den nahen Kiefern tönte der Wind. Durchs offene Fenster kam Heugeruch. Erinnern, das sich damit verband, minderte meine Aufmerksamkeit nicht.

Vom Hellwerden bis gegen 14.00 Uhr waren es 100 Anflüge in der Stunde. Danach blieben bis zur Dämmerung 70 Anflüge ziemlich konstant. Diese Zahlen galten für trockenes Wetter. Während eines starken Regens mit Gewitter am späteren Nachmittag lag das Stundenergebnis bei 30 Anflügen, wohingegen ich bei einem Vormittagsguss 48 Striche zu Papier bringen konnte.

Wasserscheu waren die Vögel gewiss nicht, nur dürften die sich vor der Nässe versteckenden Insekten die Futtersuche erschwert haben.

Wichtig erschien mir die Durchschnittsbilanz zu sein, wie viele Junge der Nistkasten beherbergte. Der aufklappbare Kasten ermöglichte genaues Zählen. Es waren elf. Die Zeit vom Schlüpfen bis zum Ausfliegen betrug 18 Tage. Bei 16 Stunden «Tagesarbeitszeit» errechnete ich 1 168 Anflüge. Das ergibt für die 18 Aufzuchttage rund 21 000 Fütterungen mit Klein- und Kleinstinsekten. Und das Gleiche gilt für die zweite Brut. Hinzu kommt der Nahrungsbedarf der Eltern.

Welche physische Leistung dieser kleinen Vögel! Nicht minder beeindruckte mich die Augenschärfe, Insekten zu finden. Aber ist es nicht ihre Daseinsmotivation, wie der Mensch die seine hat? Nur leben Tiere kontinuierlich ohne Diskrepanz von Planen und Vollbringen, frei von Alternativen und Konsens und nicht nach der Mode pendelnd zwischen Frustration und Kreativität, ein Substantiv, das mein 1977er Duden noch nicht kennt. Es müsste nach Kreation und vor Kreatur stehen.

Nach Abschluss der Strichlistensitzungen versprach ich mir kein Wiederholen solcher Art Ornithologie. Dennoch fürchte ich, dass mich angesichts des idealen Beobachtungsplatzes die Neugier erneut überfallen würde, sollten künftig Kohlmeisen, Trauerfliegenschnäpper, Feldsperlinge oder gar wiederum Blaumeisen den Nistkasten beziehen. Es könnte doch sein, dass es innerhalb einer Art kleine Unterschiede im Verhalten gibt.

Sommerschnee

Die Blütentrauben an den Kippenhängen und im Gewölbe der engen Straße lassen das Blattwerk an den Bäumen nur ahnen. Die Junisonne blendet. Blütenblätter fallen auf die Fahrbahn. Der Duft vermischt sich mit den Staubschwaden der Roggenblüte zu süßlichem Backstubengeruch. Ich atme tief. Jedes Ausatmen erhöht die Gier nach neuem Luftholen. Es bleibt zu kurz und zu flüchtig für das Auskosten eines Berauschtseins, das beseligt und nachdenklich stimmt, das durch das Blut geht und den Geist ermuntert.

In der zweiten Hälfte des siebzehnten Jahrhunderts habe der Gärtner Robin, so hörte ich es in der Forstschule, aus Amerika eine Pflanze in den Park seines Königs nach Frankreich gebracht. Er glaubte, dass es eine Akazie sei. Linné erforschte, es handle sich um eine falsche Akazie, und zum Unterscheiden von der echten verband er deren botanischen Namen mit dem des Gärtners: Robinia pseudoacacia L. So geriet in unsere Sprache das Wort für diesen Baum, der Wälder und Fluren durchwurzelt, Straßen säumt, Bahndämme befestigt, in Parks gefällt, Halden und Kippen besiedelt und Schuttplatzödigkeit mildert. Manchem Förster wird die Robinie mit ihrer Vermehrungsfreudigkeit lästig, andere begünstigen das Eindringen ihrer Wurzelbrut in dürftige Kiefernwälder, deren geringe Böden sie verbessert.

Als Napoleon seine Heerstraßen mit Setzlingen italienischer Pyramidenpappeln zu säumen beschloss, können ihm blühende Robinien nicht unbekannt gewesen sein. Ihre disziplinlosen Wuchsformen freilich dürften seine Augen wenig ergötzt haben. Kein Baum bildet Stamm und Schirmkrone so eigenwillig lichtsüchtig aus, wächst so anmutig krumm wie Robinia pseudoacacia, deren steinhartes Holz unter den höhenrückenhaft aufgestülpten Borkenwülsten in seltsamem Gegensatz zum weichen Laub der kälteempfindlichen Fiederblätter steht.

Mein Erinnern an vergleichbares Unterwegssein lässt mich nicht zweifeln, dass das Marschieren der Regimenter Napoleons sowohl deren Füßen als auch Europas Straßen weniger schmerzhaft gewesen wäre, hätte jeder Füsilier, Grenadier, Musketier, Kanonier, oder wie immer die ehrenhaften Sammelnamen gelautet haben, ohne Ruhmverheißung, ohne Ordenssucht, ohne Beförderungsversprechen und ohne Beuteverlockung die Wahl gehabt, unter den blühenden Bäumen des Landsmanns Robin nach Belieben die Beine auszustrecken oder Wege auszutreten, die der Feldherr himmelhoch mit Pappeln zu markieren plante. Nichts gegen Pappeln, mir kam nur unterm Duft der weißen Schmetterlingsblüten in den Sinn, wie verschieden Männer gleicher Sprache Ruhm begründen können. Den einen gruben ungezählte Söhne in die Bücher der Geschichte ein, des anderen Namen tragen ungezählte Töchter lebendig durch Europa.

Die Torheit des Joseph Maul

Vor fünfundzwanzig Jahren, am 23. Juli 1941, starb an einer Kiewer Eisenbahnlinie, nicht weit vom Flusse Teteref, Joseph Maul. Heute im Garten beim Himbeerpflücken dachte ich plötzlich daran. Ich war erstaunt, dass mir Tag und Name einfielen, für Namen und Daten habe ich ein schlechtes Gedächtnis. Ich erinnerte mich auch noch, dass der Kompanieschreiber, der lange Pletschacher, gemeint hatte: Den Nachlass von Maul nehme ich mit, das bisschen lohnt das Schicken nicht, seine Frau wohnt im Nachbardorf. Aber Pletschacher fuhr lange nicht in den bereits genehmigten Urlaub; die Sachen wurden dann doch geschickt, eine Handvoll Weizenkörner war dabei, in ein Wehrmachtstaschentuch gewickelt.

Ich leckte mir die feuchten Himbeerfinger und sah Joseph Maul vor mir, zwei Köpfe kleiner als ich – und ich bin schon nicht lang –, schmächtig, mit hängenden Schultern und mit entschieden zu großen Füßen. Damit könne er als Marschierer im letzten Glied leichter Schritt halten, redeten wir ihm ein. Er hatte gutmütige Augen unter rotblonden Brauen und der helle Haarkranz wuchs ihm über die Ohren. Als gedienter Reservist trug er das Sternchen am Ärmel. Oberschütze Joseph Maul.

Wochenlang hatten wir in Zelten genächtigt und vielleicht habe ich mir das Datum deshalb gemerkt, weil wir in der Nacht vom 22. zum 23. Juli zum ersten Mal während des Vormarsches in einem Hause schliefen. Das mochte zu einer Eisenbahnersiedlung gehören. Kleine, weiß getünchte Häuser standen in großen, verwucherten Gärten. Weißdorn- und Hainbuchenhecken bildeten die Zäune. Die Tür zu unserem Quartier fanden wir unverschlossen. Unmittelbar vor unserem Eintreffen mussten die Wohnungen verlassen worden sein; ein Leichtes: Hinter der Siedlung begann ausgedehnter Laubwald.

Ich sah das ukrainische gelbe Maisbrot; es lag in einem Strohkörbchen auf dem Tisch, ein Glas Gelee stand daneben, von dem schon gegessen worden war. Ich nahm das Glas, roch und sagte: Himbeergelee. Zu kosten wagte vorerst niemand, es konnte ja vergiftet sein, so hatte man uns jedenfalls gesagt.

Joseph Maul befand sich noch im Vorraum, als müsste er auch zum Eintreten den Befehl des Gruppenführers abwarten: Oberschütze Maul, rein in die gute Stube, fühlen Sie sich wie zu Hause!

Joseph kam über die Schwelle und sah sich, wie es schien, verlegen um. An alles kann ich mich erinnern, nur an seine Stimme nicht. Er war mit Worten sparsam und ersetzte Antworten meist durch ein Lächeln. Darum wohl verkörperte er auch nicht jene durch ihre Wehrlosigkeit herausfordernde Erscheinung, die jedem Soldatentrupp offenbar als Ableitungsventil für Missmut und Übermut unentbehrlich ist.

Sicher wäre seine Einfalt sogar ernst genommen worden, wäre Joseph Maul ein guter Schütze gewesen. Die Kopfnüsse aber, die er auf dem Schießplatz für seine Fahrkarten einstecken musste, entsprachen mindestens der Zahl seiner abgefeuerten Schüsse, deren Rückschläge seine Schulter überdies mit ständig erneuerten blauen Flecken versahen. Vermutlich erregte er den Schießausbilder weniger seiner mangelnden Treffsicherheit wegen, sondern durch sein stummes Hinnehmen aller Vorwürfe. Dies nahm dem Ausbilder die Möglichkeit zu sinnreichem Wortspiel: Maul nicht, Maul, mach's Maul zu, Maul. Sein Schweigen bewahrte Joseph davor, der Gruppenheini zu sein. Und diesen Joseph Maul sah ich fünfundzwanzig Jahre nach seinem Tode in meinem Garten beim Himbeerpflücken wieder, genau gesagt, nachdem ich mir einen Handteller voll in den Mund geschoben hatte. Dabei war sein Marschtritt hinter meinem Marschtritt die einzige Verbindung gewesen, die zwischen uns bestanden hatte.

Wir entdeckten noch mehr Himbeergelee in zugebundenen Gläsern hinter den Mullgardinen in einer Reihe auf dem Fensterbrett. Vielleicht war das Gelee gar erst am Morgen dieses Tages abgefüllt worden, auf dem Ofen stand noch ein großer Topf mit dunkelrotem, angekochtem Rand. Das ist niemals vergiftet, sagte ich, und wir aßen. Bis auf Maul. Der packte aus dem Brotbeutel seinen Verpflegungskunsthonig und strich ihn dick aufs Brot. Das Maisbrot verschmähten wir übrigens seines ungewohnten Geruches wegen. In jener Zeit rollte noch der Nachschub.

Joseph will seinen heiligen Leib erhalten, sagte einer, als bester Scharfschütze der Division ist er ja dazu auch verpflichtet.

Dann, als wir vom Süßen schon genug hatten, fand ich volle Honiggläser im Nebenraum. Wir tauschten.

Los, Joseph, umpacken!

Joseph schüttelte den Kopf und zeigte, mit vollem Munde kauend, auf sein beschmiertes Brot.

Sei nicht so blöde, Joseph, wollte ich sagen, nimmst du's nicht, nehmen's andere. Aber ich schwieg. Mir fiel ein, er hatte ja immer nur von der zugewiesenen Verpflegung gelebt, nur Tabak gegen Drops getauscht. Hatten wir uns über schnell gebauten Erdherden vor den Zelten neun Eier in die Pfanne geschlagen, jeder neun, hatte Joseph seine Jagdwurstscheibe gegessen und manchmal von einem Eiergesättigten dessen Wurstration dazu. Er lächelte, wenn er hörte: Bist du dumm, Joseph, fünf Kinder hast du schon, iss hier Eier, schaff zu Hause die Hühner ab, hier kannst du die Kalorien ablatschen.

Nachts ging ich nochmals in den Garten unseres Quartiers. Linden und Apfellaub und Dill rochen. Es war ruhig, auch in der Ferne war es still. Später öffnete sich die Tür, ein dünner Lichtschein, Stimmen, wieder Dunkel und Stille. Ich lehnte an einem Quittenstamm und atmete tief. Da hörte ich leise, aber deutlich: Vater im Himmel, lass zu Hause und hier das Korn nicht verderben und beschütze alle. Amen. Es war Maul, er bemerkte mich nicht, auch ich sah ihn nicht, aber es war seine Stimme.

Am Morgen dann ging unsere Gruppe weit vor der Kompanie zur Sicherung am Bahnkörper entlang. Es wurde schnell sehr warm. Die Ärmel hochgekrempelt, die Jacken offen, liefen wir in Reihe, als Vorletzter ich, hinter mir Joseph.

Dem Eichenwald folgten Wiesen mit Bächen. Wir tranken. Das Wasser war kalt und klar. Joseph trank auch. Dann kam ein espenbewachsener Hügel, die Bahnlinie blieb eingeschnitten neben uns. Heidelbeeren reiften, Preiselbeeren hatten schon blassrote Früchte an den Trauben. Joseph bückte sich oft danach; rief ich ihn, kam er mit klappernder Gasmaskenbüchse nachgehastet. Es wurde noch heißer, aber es gab keine Pause. Bis zur Feindberührung sollten wir marschieren, wenn eher kein Haltebefehl kam. Immer gleichgültiger trotteten wir in ziemlichen Abständen. Wald wechselte weiter mit Wiesen. Einmal sah ich in Massen meine Lieblingsschmetterlinge, blaurote Steinbrechwidderchen, an Hahnenfuß und Knabenkraut. Dann begannen Getreidefelder. Ich weiß nicht mehr, ob Roggen oder Weizen, jedenfalls konnten wir gut gedeckt hindurchmarschieren, immer weiter, parallel zur schnurgeraden Bahnlinie. Da fielen plötzlich Schüsse von der Bahnseite her. Wir warfen uns hin. Ich drehte mich um, kein Joseph hinter mir. Durchrobben in Richtung Bahnlinie, kam von vorn. Am Feldrand Feuerstellung!

Joseph, komm ran, du Trottel, presste ich durch die Zähne. Joseph kam nicht.

Als kein Schuss mehr fiel, der Vorposten oder Spähtrupp hatte sich zurückgezogen, fanden wir Joseph. Er lag, wie Elia unter dem Wacholder, zwischen Feld und Bahn, aber tot. Daran dachte ich, während ich mir heute in meinem Garten eine Handvoll Himbeeren in den Mund steckte.

Von der Gasse im Feld bis zu der Stelle, wo Joseph lag, war kein Halm niedergetreten. Joseph war am Feldrand entlanggegangen.

Raben

Noch Tage nach dem Großbrand schwelt der Rohhumus an den Rändern des verkohlten Waldes. Die Förster der Umgebung lösen sich bei der Kontrolle der Brandwachen ab. Vier Stunden dauert ein Gang um den vernichteten Wald. Verlaufen kann ich mich nicht in dem fremden Revier. Die Strecke an den Wundstreifen entlang, die im Altholz Pflüge geackert, in jüngeren Beständen Feuerwehren und Soldaten gegraben haben, lenken mich zwangsläufig an die Ausgangsstelle zurück. Ich gehe auf der Waldgrenze von Leben und Tod. Der Weg ist ermüdend. In der rotgrauen Staubasche läuft es sich leichter als auf dem lebendigen Waldboden. Dabei begreife ich, zum vertrauten Anblick eines Waldes gehört das Sterbende, das vom Baum Abgestoßene, Nadeln, Zapfen, Rindenstücke, dürre Äste. Das Verrottende erhält den Wald. Selbst vergehende Bäume ernähren noch Larven und Pilze. Im verbrannten Wald ist alles tot, Baum und Bakterien, Spinne und Maus, Flechte, Käfer und Myzel.

An den schwarzen Stämmen schimmern silberne Aschenflecke in der Sonnenglut des Julitages. Wie schon oft im Leben gewöhne ich mich auch hier schnell an einen Zustand, der kurz zuvor nicht vorstellbar war. Brandwachen, Jugendliche zumeist, die sich in den Ferien Geld verdienen wollen, schicke ich zu den gefundenen Glutnestern. Sie müssen neben den Brandherden Löcher graben, die glimmende Streu hineinkratzen und Sand darüber decken. Die überwiegende Zeit bin ich allein.

In meiner Rocktasche steckt, ein Tick, mag sein, immer ein Päckchen Speisekuchen, dieser hundekuchenförmige Pfefferkuchen zur Geschmacksbelebung von Linsengerichten und Bratensoßen. Ich kaue ein Stück des trocknen Backwerks, es quillt im Munde, die angeregten Speicheldrüsen produzieren reichlich, der Durst verschwindet. Dass niemand mich zu solcher Genügsamkeit nötigt, dürfte wohl die wesentliche Würze des Genusses und die Folge seiner Wirkung sein.

Nahe über mir vernehme ich Laute, die mich aufblicken lassen. Ein näselndes Gequarr dringt zu mir, erregt, aufreizend, drohend. Das Sonnenlicht blendet. Endlich erkenne ich die Vögel, zwei große schwarze Vögel, Kolkraben. Sie bleiben über mir. Fast am Gesperr der Baumleichenäste vollbringen sie ihre Flugspiele. Als hätten sie Grund unter den Ständern, springen sie gleichsam im Flugtanz, steigen, lassen sich fallen, die Köpfe scheinen sich zu berühren. Die Schwingen gespreizt, heben sie die Körper gegeneinander und drängen die Bögen der kräftigen Stöße auf sich zu.

Jede der übermütigen Bewegungen, jeden Schlag der breiten Flügel begleiten Rufe, mit denen sie die Verödung unter ihrem freien Flug zu missbilligen scheinen. Wahrscheinlich verbrannte auch ihr Horst. Mein Hals verkrampft sich vom Aufblicken. Die Vögel bleiben über mir. Sie schrauben sich höher und höher, bis ich sie nicht mehr sehe. Das blendende Licht entzieht sie meinem Blick. Dann versiegen auch die Rufe. Ich höre sie in mir, wie mir die Schönheit des Fluges vor Augen bleibt.

Beides überträgt sich auf den Kolkrabentotenschädel, der, Geschenk einer alten Dame, hinter der Glastür meines Schrankes neben anderen Raritäten liegt, die nicht jedermann ergötzen. Die hundertjährige Mumie einer Kröte gehört dazu, gleichfalls ein Geschenk jener zierlichen, klugen, bescheidenen Frau, die mit Otto Dix studierte und mit fünfundachtzig Jahren eine Ausstellung hatte, in der alle Bilder, Öle, Aquarelle und Zeichnungen, die ihr aus dem zerbombten Atelier verblieben waren, Käufer fanden. Sie belächelte den späten Erfolg und verbarg nicht ihre Freude darüber.

Während des Rundganges durch die Ausstellung nahm die Malerin das Schwarzweißfoto eines vernichteten Ölstückes aus ihrer Umhängetasche. Ich sah drei ruhende Mädchenakte in einem Kahn, der ohne Ruder auf dem Wasser trieb. Ich ahnte den Verlust. Ihr Mann, dreiundneunzigjährig, Kunsthistoriker, fast erblindet, stand neben mir. Er trug Kordhosen, ein Samtjackett. Sein Haar war weiß und dicht, fast faltenlos die hohe Stirn. Er beugte sein Gesicht tief über das Bild und sagte: «Ich weiß, was Sie betrachten. Es war ihr Lieblingswerk, wohl auch ihr gelungenstes. Ich habe alle Ölstücke meiner Frau fotografiert, leider nicht farbig. Das war zu schwierig im Krieg. Vielleicht hätte ich es nicht tun sollen. Es verdeutlicht nur den Verlust.» Und mit einem Tonfall, dessen schalkhafter Übermut für die einstige Beweglichkeit seines geprägten Gesichtes mitsprechen musste, fuhr er flüsternd fort: «Wenn ich meine Frau ärgern will, brauche ich nur zu sagen: Schade um die schönen Lesbierinnen.»

Die zarte, energische Frau reagierte prompt. Ihre nicht eigentlich schwermütigen braunen Augen in dem überaus schmalen

Gesicht – eher waren sie so, als hätten sie ständig unwiederbringlich Vergangenes im Blick – wurden groß und bestimmt: «Nein, das waren die Mädchen nicht, aber schön waren sie, das gebe ich zu. Deshalb habe ich sie gemalt. Deshalb ließen sie sich malen. Und wenn sie es gewesen wären, was wäre schon dabei?»

Der Dreiundneunzigjährige drückte meinen Arm.

Ich erwarb eine frühe Bleistiftzeichnung, ein Selbstbildnis der Malerin, in der mir beispielhaft eine Frau begegnet ist, die unter den Gewalten dieses Jahrhunderts durch gläubige Gelassenheit ungebrochen blieb. Bezeichnend für sie erscheint mir auch unser Kennenlernen. Mit einem Taxi war die Malerin aus ihrem winzigen Haus im Gebirge, das sie nach dem Verlust der Großstadtwohnung erworben hatte, zum Forsthaus in die Spreeniederung gekommen. Sie wollte wissen, wie ein Förster aussieht, der Gedichte schreibt.

Jener vergraute Rabenschädel ist ein richtiges Gehäuse. Durch die großen Augenhöhlen kann ich in das Innere des glatten halbkugeligen Kopfes blicken, der einst das Gehirn barg. Aus dem Schnabel, lang, stark, säbelkrumm und spitz, leicht geöffnet, als wäre er nie ganz schließbar gewesen, aus diesem Schnabel werde ich, wenn ich ihn zu Hause in die Hand nehme, die glockigen Laute hören.

Dieser Schnabel beherrscht den Schädel, dessen Rundung einen Menschenschädel karikiert. Es ist der Schädel des vermenschlichten Vogels. Wer aber, der seinen Namen mit den sprichwörtlich üblen Beifügungen im Munde führt, sah wirklich einen Raben, es sei denn, er nennt jede Krähe Rabe?

Der zahme Kolkrabe war geliebt und gehasst auf dem Gut des Großvaters in der waldreichen Ebene bei Minsk. Von dort stammt auch die Kröte. Sie wurde bei Umbauten unter der Dielung gefunden. Sie hockte da, wie Erdkröten sitzen, nur ledertrocken geschrumpft. So sitzt sie nun bei mir neben dem Schädel des Raben.

Der Vogel begleitete die Enkelin durch die Birkenwälder und auf den Feldwegen. Er saß auf ihrer Schulter, das Mädchen sprach ihn an, er antwortete. Mit seinem Schnabel hob er ihr die Goldkette vom Hals und legte sie ihr wieder um. Am meisten geliebt hatte sie seine klaren, verständigen Augen. Ein Kutscher zerdrückte dem Raben die Lunge, weil der tückische Unglücksbringer schuld sei am Ausbruch des Krieges, in den zu ziehen der Zar dem Knecht befahl.

Die Malerin gestand mir, dass sie noch heute ihre Tränen spüre. Ihren ohnmächtigen Zorn habe sie nur durch Handeln dämpfen können. Sie habe den Kopf vom Vogel getrennt und den Rumpf begraben. Den Kopf legte sie in einen Ameisenhaufen, aus dem sie nach Tagen hervorholte, was ihr von jenem letzten Aufenthalt bei den Großeltern geblieben war. Ich sei der erste Mensch, versicherte sie mir, von dem sie glaube, er verstünde, wie wertvoll ihr diese Erinnerung wäre, die sie mir nun nach siebzig Jahren anvertrauen möchte.

Hätte ich mir etwas wünschen dürfen, ich wäre schwerlich auf Rabenkopf oder Kröte verfallen. Immerhin konnte ich mir in der Ausstellung eine Zeichnung kaufen. Die beiden Reliquien der Künstlerin wären unverkäuflich gewesen.

Jeder Fußtritt hinterlässt eine Aschewolke.

Der Kutscher tötete aus Aberglauben. Die Raben am Himmel über mir schützt das Gesetz. Der defekte Isolator eines Leitungsmastes sprühte Funken und vernichtete den Wald. Welcher Unglücksrabe wird sich wegen versäumter Kontrollpflicht dafür verantworten müssen? In mir ist eine Mischung von Trauer und Hoffnung. Immer, ob schuldig oder nicht, bin ich Betrachter und Betroffener zugleich.

Mit großen und mit kleinen Augen

Das gibt es: Man übt sich im Verzicht, weil man dem Kinde einen Wunsch erfüllen will, und wird geführt, wohin man aus eigener Entscheidung nicht gekommen wäre. Wir erfahren es an diesem Julimorgen. Der Junge hat sich einen ausrangierten Kahn der Teichwirtschaft repariert. Nach Verschmieren mit aufgekochtem Straßenteer ist das Boot immerhin so dicht geworden, dass eindringendes Wasser ohne Hast wieder ausgeschöpft werden kann und nebenher noch Zeit bleibt, die selbst gebauten Ruder zu bedienen. Des Jungen Wunsch, Vater und Mutter in eigener Regie eine Fahrt auf der Spree zu bieten, ist begreiflich, und weil wir sehen, wie ihn unsere widerspruchslose Bereitwilligkeit überrascht, freuen wir uns darauf.

Windig ist der Morgen. Ein Summen tönt in unseren Ohren, das aus dem wilden Wein an der Mauer kommt. Biene an Biene schwebt von Blütentraube zu Blütentraube. Hätten wir Fledermausohren, wir spürten das Vibrieren der Luft.

Auch Zensi, der Dackel, darf mit, nachdem uns der Junge versicherte, der Hund säße mustergültig im Kahn. Wir laufen mühsam durch den Sand. Auf Empfehlung unseres Gastgebers haben wir Gummistiefel angezogen. Meine Frau trägt den Topf zum Schöpfen. Ich habe ein Ruder geschultert.

An den Wacholderbüschen sehen wir nach Beeren. Einige tragen, aber das Gewürz ist noch grün. Auf dem Teich bauscht der Wind die Seerosenblätter, dazwischen schaukeln die Blüten. Da fällt dem Jungen ein, dass er den Schlüssel für das Kahnkettenschloss vergessen hat. Vergebliches Durchwühlen aller Taschen. Ihr Inhalt, genug um eine Aktentasche zu füllen, fällt zu Boden, aber kein Schlüsselbund. «Der kann nur am Budenschloss, in der Fahrradtasche, auf dem Hochsitz oder zu Hause in meinem Geheimfach sein. Wartet bitte hier. Ich laufe schnell.»

Wir setzen uns auf einen Langholzhaufen und genießen die Sonne. Es riecht nach Harz und nach Sumpf. Eine Ringeltaube ruckst. Gelbschwarz schießt ein Pirol durch das Laub, dann ist er nur noch zu hören.

Bald können wir wieder Rohrkolben holen. Sie werden schon reif. Dazwischen überragen schwarzgrüne schlanke Binsengerten mit braunen Blütenhäufchen unter den Spitzen das Schilf. Schwalben jagen tief, unglaublich, dass sie das Wasser nicht berühren. Auf einem schiefen Stock, der im Teich die Fütterungsstelle markiert, ruht eine Lachmöwe. Die graublauen Wolkenzüge hinter ihr werden groß durch den weißen Vogel. Plötzlich Wasserschlagen hinter dem Uferschilf. Jungenten stieben nach allen

Seiten davon. Die Alte umkreist sie. Ihr Kopf fährt in einer Hastigkeit vor und zurück, dass es – menschlich empfunden – nur als nervös bezeichnet werden kann. Gehetzt umschwimmt sie ihre Jungen, lockt sie und versucht, sie zusammenzutreiben. Weit draußen auf dem offenen Wasser gelingt es ihr endlich, und im sicheren Geleit des mütterlichen Kielwassers folgen die Kücken der besorgten Stockente ins Schilf.

Der Sohn will die verlorene Zeit aufholen. Er ist vorausgelaufen, um das Boot startklar zu machen. Wir folgen ihm durch den Erlenhochwald. Hörten wir zuvor im Nadelwald nur vereinzelt Vogelstimmen, hebt aus dem verwachsenen Laubholz schlagartig ein Vogelkonzert an, kein Einzellied ist herauszuhören. Zum Wiedererkennen nach Schallplatten erlernter Lieder ist dieses erquickende Durcheinander ganz untauglich.

Nun wird es aber Zeit, dass wir an die Spree kommen. Wo der rotblättrige Ahorn die Roggenfelder überragt, liegt unter hängendem Ufergesträuch gut versteckt der Kahn. Wir blicken die steile Böschung hinab. Der Junge im roten Pullover sitzt auf der Ruderbank und schlägt mit den Gummistiefeln gelangweilt Wellen in das eingesickerte Wasser. «Na endlich», stöhnt er, «ich dachte schon, ihr hättet mich vor lauter Natur vergessen.»

Mehr rutschend als rückwärts kriechend erreichen wir durch die fast senkrechte Brennnesselgasse das morsche Gefährt. Als Erstes muss Mutter gründlich ausschöpfen, Vater hält währenddes den Hund fest, damit er bei der Rudermontage nicht stört. Beides geschieht zur Zufriedenheit des Knaben. Mein Versuch, den Kahn mit der Stange vom Ufer abzustoßen, wird misstrauisch verfolgt, da ich als absolut unfähig gelte, mich in oder auf dem Wasser zu bewegen. Nachdem wir die uns zugewiesenen Plätze eingenommen haben, deren Anordnung unser Gewicht in eine ausgleichende Beziehung zu den lecken Stellen der Bootswand setzt, beginnt die Fahrt. Mit eindringlicher Stimme erklärt uns der Sohn an seinem Beispiel die Kunst des Ruderns. Hinter der ersten Flusswindung erheben sich zwei Fischreiher und streichen kreischend über uns davon. Ich schlage Schweigen vor zum Vorteil lohnender Beobachtung.

Die schlanken Spitzblätter des Pfeilkrautes wiegen sich im Ruderschlag. Der Fluss ist an den schmalsten Stellen so breit, wie der Kahn lang ist. An den Ufern wuchern Kräuter und Gräser und Blumen. Riesenampfer, Blutweiderich, Springkraut, Brennnessel, Gilbweiderich, Nachtschatten, Taubnessel, Königskerze, Wicke, Pfefferminze, Schierling, Wermut, Skabiose, Labkraut, Nachtkerze, Kamille, Disteln, Reitgras, Beifuß, Knäulgras und viele, viele, die ich nicht kenne, stehen in Gruppen. Einzeln könnten sie sich nicht behaupten. So aber haben sie alle genug an Feuchtigkeit und Licht und Erde. Zuunterst am Wasserrand, überschattet von allen Pflanzen, lebt das Vergissmeinnicht. Den Wasserpflanzen, die sich in das Flussbett wagen, setzt die Strömung die Grenze. Wie abgeschnitten endet der Knöterich am fließenden Wasser. Mir kommen beim Anblick solch üppiger Vielfalt immer die gleichen Gedanken. Wie ist es möglich, dass sich bei gleichen Lebensbedingungen diese unterschiedlichsten Formen entwickeln konnten? Ich sehe darin ein noch größeres Wunder als in der Artenfülle der Tiere, die keine Wurzeln binden. Und mich erschreckt die Flüchtigkeit, mit der ich an Wiesen, an Straßengräben, an Wasserläufen, über Schuttabladeplätze und Ödländereien hingehe. Pflanzen, Pflanzen, Pflanzen – und wie oft sehe ich nur Grün. Ich glaube, der Junge sieht nicht einmal Grün. Er rudert, er steuert mit den Rudern, er kämpft mit vollem Kraftaufwand gegen die Kurvenströmung. Gewiss, ohne Muße sind die Augen für vieles verschlossen. Aber dem Kind ist das Stemmen der Ruder gegen den Wasserdruck gleiche Befriedigung wie mir das Stillen des Augenhungers am Uferrand. Mich lockt die Frage und ich stelle sie: «Junge, empfindest du denn auch die landschaftliche Schönheit?»

«Nee, warum?»

«Ich dachte nur, weil es hier wirklich schön ist. Was macht dir denn nun Spaß bei dieser Fahrt?»

«Wenn's schnell geht.»

«Und weiter nichts?»

«Pass auf, Vater, wir sitzen fest. Du lenkst mich mit deiner Fragerei bloß ab.»

Wir sitzen tatsächlich fest, aufgefahren auf eine Kiesbank. Ich will aussteigen und schieben.

«Vater, bleibe sitzen! Dadurch wird es nur schlimmer. Ich muss es allein schaffen.»

Sein Gesicht ist rot. Mit zorniger Lust zerrt er an den Rudern. Der Kahn rührt sich nicht.

«Junge, aber das ist doch sinnlos!»

Ich springe aus dem Kahn. Ein Ruck. Wir gleiten wieder.

«Geradeaus», schreit er, «sonst sitzen wir wieder auf.»

Ich schiebe das Boot. Zwei Schritte und die Sandbank liegt hinter uns. Ich will einsteigen. Ein Bein im Kahn, das andere in der Luft, ein Gummistiefel im Schlamm, rettet mich die Navigation meines Sohnes.

Am Böschungskopf, ein Stück zurückgesetzt, entdecke ich einen Wasserkilometerstein: 298,0. Also sind wir 298 Spreekilometer von der Mündung entfernt. Ich will den Jungen überraschen und blicke auf die Uhr. Für die nächsten fünfhundert Meter bleibt auch mein Auge der Natur gegenüber getrübt. Ich darf den nächsten Stein nicht verpassen. Zwanzig Minuten sind vergangen. Zweiundzwanzig. Endlich 298,5. Fünfhundert Meter in dreiundzwanzig Minuten gegen die Strömung ohne verzögernden Zwischenfall. Ich rechne um. In einer Stunde 1,3 Kilometer.

«Burkhard, wie groß ist eine Seemeile?»

«1,852 Kilometer.»

Ich rechne weiter.

«Somit bist du bei dem Tempo der letzten fünfhundert Meter 0,7 Seemeilen gerudert. Und das mit einem verstümmelten, lecken, angemorschten Kahn!»

«Du meinst Knoten. Danke, Vater. Das nächste Mal müssen es 0,8 werden. Stoppst du auch bitte auf der Rückfahrt? Ich schätze, da geht es doppelt so schnell.»

Es ist herrlich ruhig im eingeschnittenen Flussbett. Dabei weht ein ziemlich heftiger Wind. Wir sehen es am bewegten Geäst. Die starren Pfahlwurzelstränge eines alten Kiefernstubbens sind freigespült und stützen mit ihrem letzten verbliebenen Halt den Stock. Hier legen wir an. Einst stand die Kiefer auf festem

Boden in sicherem Abstand vom Fluss. Aber Wasser wühlt beharrlich. Einer der nächsten Hochwasserströme wird das groteske Wurzelungeheuer stürzen.

Wir bekommen Hunger. Es wird Zeit, dass wir uns heimwärts treiben lassen.

«Sieh bitte wieder auf die Uhr, Vater, wenn der Kilometerstein kommt.»

Ich sitze rücklings, die Beine hängen über das verkürzte Heck im Wasser. Geschickt hat Burkhard, weil hier die größten Schadstellen gewesen sind, einen Meter Kahn abgesägt. Am Bug wirbt Zensi neben ihrer Herrin um die schönste Galionsfigur. Lässig dirigiert der Sohn mit den Rudern das treibende Boot.

Stille. Fischreiher fliegen auf und nieder. Ihre waagerecht gestreckten Beine, die schlanken grauen Leiber, die rückgebogenen Hälse, die langsamen Schläge ihrer breiten Schwingen, die langen Schnäbel – die Vögel schwimmen mehr als sie fliegen durch den Himmel unter rasch ziehendem Gewölk. Ich blicke den Reihern nach und verliere das Gefühl für oben und unten, für Bewegen und Verweilen. Ich wünsche mir, schwerelos hinzugleiten durch Wasser, durch Luft.

Da steht der Kahn! Ich rutsche, kann mich noch halten, aber die Stiefel laufen voll Wasser.

«Wieder aufgefahren!», schimpft der Sohn.

«Hier muss die alte Kirchsteigbrücke über die Spree geführt haben», sagt die Mutter. «Wir sitzen bestimmt auf einem Eichenpfosten der einstigen Brücke fest.»

Während ich die Gummistiefel auskippe, rudert der Junge und rudert. Plötzlich dreht sich der Kahn in leichter Schräge wie ein Karussell.

«Wenn du noch lange so sinnlos manövrierst, wird sich der Pfosten durchbohren», wage ich zu bemerken, «unter mir rumort es schon.»

Ich will mich erheben.

«Bleibe sitzen! Mutter auch! Sonst wird es nur schlimmer.»

Pausenloses Rudern, immer schneller, immer im Kreise. Der Sohn keucht. Der Kahn pendelt, dreht sich, schaukelt. Eichenholz, zu Stein gewässert, ist zäher als ein spröder Fischereikahn. Die Mutter bleibt erstaunlich beherrscht.

Meine Geduld nähert sich dem Grenzbereich. «Nun höre endlich auf und denke nach, was hier zu tun ist!»

Aussteigen scheidet aus. Mit den Rudern reichen wir nicht bis zum Grund.

«Ich muss diesen Kahn loskriegen!», presst Burkhard durch die Zähne. «Wir fahren schließlich nach Zeit!»

Weiter zerrt er an den Rudern. Die Eisenfassungen lockern sich schon in den Schrauben. Da erhebe ich mich endgültig. Der Sohn hat es vor angespanntem Eifer nicht bemerkt. Ein Schritt zur Mitte des Kahnes, das Boot hebt sich im Heck und treibt, von dem hemmenden Pfosten befreit, leicht in der Strömung davon.

«O Knabe, bei allem Respekt vor deiner technischen Leidenschaft – nicht einmal die Steinzeitmenschen haben ausschließlich mit roher Gewalt gearbeitet. Was dich ohne Erfolg die höchste Kraftanstrengung gekostet hat, habe ich mit einem Schritt erreicht.»

Knurrendes Anerkennungsgemurmel beschließt diese Phase der Fahrt. Und weil mir bei meinem Zufallserfolg und der klugen Rede, die ich damit verband, nicht ganz wohl ist, bemühe ich mich, meinen Blick von den blauen Bachjungfern fernzuhalten, die in großer Zahl die Uferpflanzen umschweben, über den Blättern verharren, sich unvermittelt niederlassen, mit eckiger Flugbewegung aufschwirren. Die schwarzblauen Flügel glänzen.

Ich stoppe die Zeit, bis wir den Kahn ins Versteck ziehen.

Die Kräuter und Gräser am Ufer wuchern und drängen weiter zum Licht, bis sie vergehen oder das Hochwasser sie niederschwemmt. Die Bachjungfern schweben weiter in Sonne und Wind und verkriechen sich, ihre Flügel schützend, vor Regen. Die Streckensteine stehen fest am Ufer, aus Beton und eingegraben. Aber das Wasser fließt und wühlt und reißt an der Böschung und verändert den Flusslauf, schwemmt ab und trägt an. Der Sohn rudert 0,7 Knoten und will das Ergebnis verbessern. Der Hund springt über Kartoffelzeilen der Feldlerche nach. Und uns Großen entgeht vieles, wenn wir nicht Zeit finden zum Verweilen.

Rhamnus frangula

Sein Name ist Rhamnus frangula. Er ist mit dem Kreuzdorn verwandt, und er war meine erste Begegnung mit der Gefahr in der Natur. Die geraffte Kinderschürze in der Hand, kam ich aus dem Laubgehölz hinter dem Haus und zeigte der Mutter die glänzenden schwarzen Beeren. «Wenn du eine davon isst, musst du sterben», sagte sie. «Das sind Schießbeeren. Die sind todgiftig. Du hast doch nicht etwa?»

Ich hatte nicht. Wie hätte mich Mutter sonst noch fragen können? Sie schickte mich – auf schnellstem Wege – mit den Beeren zurück in den Wald. Und ich hatte mir ausgedacht, für den Kaufmannsladen Wein daraus zu pressen und aus dem Rest Marmelade zu rühren. Indessen stand ich an den sieben Hainbuchen, meinem Lieblingsaufenthalt, die Stämme waren dicht im Kreis zu einer natürlichen Laube gewachsen, und verstreute rund um die Baumgruppe die Faulbaumbeeren. Wenn sie schon zu nichts anderem nützlich waren, sollten wenigstens ihre Sträucher mein Versteck dicht umwachsen.

Zu dieser Zeit mochte ich die Gerda aus der Ziegeleisiedlung sehr gern, sie hatte als Einzige erlaubten Zutritt in meine Bäume. Leider genügte ihr mein träumerisches Wesen auf die Dauer nicht, und eines Tages erschloss sie, während sie mich abwesend glaubte, ich musste es aus sicherer Ferne mit ansehen, einem Nachbarjungen die Geheimfächer unserer Gemeinsamkeit. Ich konnte nicht einschreiten, mit Gefühlen lässt sich nicht gegen Muskeln kämpfen. Doch sann ich auf Rache.

Hatte die Natur mich mit den Beeren zum ersten Mal enttäuscht, so war dies nicht meine erste Enttäuschung mit dem Menschen. Meine erste Enttäuschung war ich mir selber gewesen. Später wurde manches einfacher, die Furcht vor den Kräften der Nachbarjungen ließ nach. Ich konnte mir meine Gleichberechtigung durch Verschenken bunter Bilder aus der Jägerzeitung und leerer Schrotpatronenhülsen für Knallkorkpistolen erkaufen. Doch mitunter dachte ich, und zuweilen denke ich es noch heute: Ein klarer Schlag auf die Nase wäre mir bekömmlicher gewesen.

So wuchsen also Gutes und Giftiges zum Verwechseln ähnlich beieinander, Heidelbeere, Rauschbeere, Schießbeere. Woher wusste der Mensch, was genießbar und was giftig war? Irgendwann musste doch ein Lebewesen, ein Tier, nein, Tiere vertrugen mehr als Menschen, ein Mensch musste am Genuss von Schießbeeren gestorben sein, damit alle erfuhren: Die sind unbekömmlich.

Immer, wenn die Heidelbeerzeit begann, zogen viele Mütter mit vielen Kindern in den Spittelforst, und meine Mutter zog mit ihren Kindern mit. Meine Schwester war erst drei, sie durfte Puppen mitnehmen und baute Moosstuben mit Fichtenzapfensäulen. Die Frauen sammelten in Krüge, den Kindern wurden Blechtassen mit einem Bindfaden vor den Bauch gebunden und abends gab es süße Heidelbeermilch. Bis dahin war eine lange Zeit. Dabei konnte ich mich nicht beklagen, meine Mutter war nachsichtig. Zweimal war das Maß voll, dann war sie schon mit mir zufrieden. Die Kinder von der Siedlung mussten anders ran. Für mich sollte dieses Quantum eine lebensnotwendige Übung zur Ausdauer sein.

Im Sommer meiner Enttäuschung waren Gerda und ihre Mutter nicht weit weg von mir in den Beeren. Ich sah Gerda zu. Mit einer Hand zog sie die Zweige an sich heran, die andere perlte die Beeren direkt in den Topf. Sie arbeitete pausenlos. Nur manchmal wischte sie eine Mücke von der Stirn, davon blieben violette und rote Streifen von Saft und Blut am Gesicht. Ich hatte kaum den Boden meines Tassenmaßes bedeckt, da fragte meine Mutter: «Hast du's bald voll?»

«Noch nicht, hier gibt es bloß so kleine.»

«Dann such dir bessere Plätze.»

Gerda blickte nicht auf. Sie hatte mich bestimmt gehört, wahrscheinlich auch längst gesehen, aber sie zog sich das Kraut an ihr blaues Kleid und beerte. Wahllos pflückte ich hier und dort und beneidete meine kleine Schwester. Darauf sah ich mich mit Gerda in der engen Hainbuchenlaube, ich schenkte ihr eine gläserne

Murmel mit eingegossener Farbspindel, sie gab mir geglättetes Buntpapier. Ich scharrte Laub und Mull vom Wurzelgrund, hob den Deckel der Pfefferkuchenbüchse, legte das Ausgetauschte zu den anderen Werten, dann wieder den Deckel darauf und die Tarnung darüber.

Alles preisgegeben, dem Stärkeren preisgegeben. Es gelang mir nur schwer, meine erneut wachgeträumte Neigung im Zorn zu ersticken. Ich sehnte mich nach einer befreienden Tat. Da sah ich den Schießbeerstrauch mit reifen Beeren und Gerdas Eimerchen, sie durfte in ein eigenes Eimerchen sammeln, das stand an einer dicken Eiche. Es war nicht schwer, unbemerkt dorthin zu gelangen. Ich pflückte zwei Schießbeeren, kippte aus meinem Becher ein paar Heidelbeeren auf den Handteller und drückte die Schießbeeren darüber aus. Die werfe ich Gerda in den Eimer, dachte ich, und dann bekommt sie Bauchweh, das hat sie sich verdient. Tödlich waren die Beeren nicht, mein Vater hatte es mir inzwischen verraten. Aber übel werden konnte einem davon. Wie zufällig ging ich an ihrem Eimer vorbei und öffnete die Hand mit den vergifteten Beeren.

«Nennst du das vielleicht Beeren sammeln?», rief meine Mutter. «Zeige deinen Topf! Die kann man ja noch zählen! In einer Viertelstunde will ich den gefüllten Topf sehen. Du bist zum Verzweifeln.» Ich hätte gern geweint. Bei geringfügigen Vergehen bewahrte mich dies meist vor Schlimmerem. Leider konnte ich wegen Gerdas Nähe nur einige Male verhalten aufschlucken. Allmählich beerte sich meine Mutter wieder von mir fort.

Gerda rief: «Mama, ich habe schon zum dritten Mal voll, das wird gleich ein halber Eimer sein.»

«Albernes Rebhuhn», brummte ich, «Angeberin, damit kannst du ja auch noch eure Zickel füttern.» Ich hockte im Kraut. Die Gedanken fraßen an den Haarwurzeln wie Engerlinge im Acker.

Ich weiß nicht, wie Gerda zu mir gekommen ist. Plötzlich kniete sie vor mir, ich sah ihre runden, zerkratzten Knie, sie berührten die meinen. Ihre blauen Finger hielten ihr losgebundenes Blechmäßel, sie ergriff meinen Topf, zog ihn zu sich, fast verlor ich das Gleichgewicht, und kippte ihre Ernte hinein, da war mein Maß drei viertel voll.

«Und nun tue was», befahl sie mit Flüsterstimme, band sich den Strick fest um die Taille und suchte sich einen neuen Fleck.

«Ich habe …», presste ich hervor.

«Los, beere, dass du fertig wirst», unterbrach sie mich, «bestimmt wirst du krank werden, du siehst ganz käsig aus.» Da pflückte ich stumm weiter.

«Warum denn nicht gleich», lobte meine Mutter, «dass man immer erst schimpfen muss. Aber wie siehst du aus, Junge, ist dir schlecht?»

«Ich glaube, ja», sagte ich. «Irgendwie ist mir komisch.» Mir war sehr bestimmt komisch, sehr bestimmt.

Wir gingen schnell aus dem Wald. –

«Ist dir wieder gut?», fragte mich Gerda auf dem Schulweg. «Jedenfalls viel besser», sagte ich, als ich sie sah, munter im Wechselsprung auf der Straße, dass der Schulranzen schepperte.

Die Ziegelei, in der ihr Vater gearbeitet hatte, wurde stillgelegt. Die Familie zog fort, irgendwohin zur Hofearbeit.

Es kam vieles danach. Manches gefüllte, manches ausgestürzte Maß. Wäre Danken damals unter uns üblich gewesen, jetzt wüsste Gerda, weshalb es mir im Halse stecken geblieben wäre.

Mit dem ersten Taschenmesser vom Schutthaufen verloren die Beeren ihren Reiz. Es kam die Lust am Umgang mit den schlanken Gerten. Die Klinge wurde auf Tonscherben scharf und blank geschliffen. Damals vertrugen das die Nerven noch, wie auch die Kinderfinger die rostigen Stifte nicht störten, die sich als Überbleibsel von Hirschhorn- oder Perlmuttgriff in die Handteller drückten. Mir war unerklärlich, dass man ein so wertvolles Stück hatte in den Abfall werfen können.

Wir saßen am Waldgraben, die nackten Beine über dem Wasser, in dem es noch Krebse gab, schnitzten, ringelten, kerbten, rieften Ornamente in die Rinde der Faulbaumruten. Mein Freund, dessen großer Bruder organisierter Naturfreund war, wusste alle Namen dieses Strauches. Schießbeere, Faulbaum, Pulverholz, Rhamnus frangula. Das ziemlich feste Holz roch bittersüß, beinahe betäubend. Apfelgrün war der Bast, zitronengelb der Splint, mandarinenfarben der Kern. Mein Freund wusste auch, das Holz würde zu Kohle verbrannt. Die Kohle brauchte man für Schießpulver. Das Schießpulver brauchten die Jäger und die Franzosen mit den roten Hosen, damit sie auf uns Deutsche schießen konnten.

Doch was kümmerten uns dieses Holzes Nutzen und Schönheit. Die Beine baumelten über dem Wasser, das floss schnell dahin. Uns war nützlich die dunkle Rinde und schön waren die gelungenen Muster.

Kürzlich kam ein Herr von der pharmazeutischen Industrie, der interessierte sich für Rhamnus frangula. Er suchte lohnende Vorkommen. Die Rinde sei ein bewährtes Abführmittel und auch gut für Blutreinigungstee. Ich bangte um meine Bestände. Doch das Wachstum der Stämmchen auf dem sauermoorigen Boden war ihm zu dürftig, die Entrindung hätte sich nicht rentiert.

Im Winter liegt auf meinem Schreibtisch ein Faulbaumzweig. Ich kenne keinen in der Vegetationsruhe lebloser scheinenden Strauch. Die höckerigen, warzigen Kurztriebe wirken verdorrt, die Seitenknospen sind kaum zu erkennen. Aber ich wüsste keinen Strauch, der ziselierter vor Winterhimmel steht. Werde ich über einer Arbeit unruhig, halte ich den Zweig gegen die Fensterhelle.

Grünlichweiß, unscheinbar sind die Sternchenblüten, locker gebüschelt. Und dann sind die Beeren da, in allen Entwicklungsstufen zugleich, grüne, weiße, rötliche, dunkelbraune, violette, stumpfschwarze und im Lacklederglanz die reifen. Ihren Geschmack kenne ich nicht. Bis heute habe ich mir das Kosten dieser Frucht versagt.

Geblieben ist und zugenommen hat das Verlangen nach dem Sommerschattenspiel der gewellten Blättchen. Unter dem Strauch liegen, den fauligen Geruch in der Nase, und an ein Kindsein ohne Erwachsenenrufe, ohne Jungenrivalität und mit dem Schönheitssinn für mandarinenfarbenes Holz denken. Dabei die Namen hersagen und mich für Faulbaum entscheiden. Faulsein ist menschlicher als schießen.

Schmetterlinge

Auf der sonnenwarmen Landstraße radle ich ins Revier. Den Groll gegen das neue Dienstfahrrad ließen Zeit und Gewöhnung verblassen. Was gab es am Anfang für ein Verwundern, nach jahrzehntelangem Kraftfahrzeuggebrauch, der die Arbeit erleichtern sollte und eine Vergrößerung der Forstreviere mit Einsparung von Försterstellen ermöglichte, wieder die längst überholt geglaubte Erfindung des Württembergischen Grünrocks von 1817 besteigen zu müssen. Die heiteren Gesichter der Mopedknaben und Motorradmädchen bezog ich bald nicht mehr auf mich und hörte auch auf, mich in die Widersprüche zu versenken. Wo gäbe es sie nicht? Ich wurde gelassener von Tag zu Tag und radelte mich frei.

Ich bedenke den Dienstablauf nach Kilometern, verliere keine Zeit mehr und lerne im Unterwegssein wieder sehen, was seitlich der Straße und zwischen den Bäumen geschieht. Es hat den Anschein, dass auch Verzicht Fortschritt bedeuten kann.

Ich radle ins Revier. Ziele sind die zur Nonnenüberwachung markierten Bäume. Der Großschädling Nonne sei im Anmarsch, heißt es. In anderen Bezirken gäbe es schon gefährdete Waldgebiete. Von früher her habe ich die auf weißem Grunde schwarz gezackten Falterdreiecke in Erinnerung, die den Tag an der Rinde von Fichten und Kiefern, aber auch an Laubbäumen verbringen. Abends beginnt der Hochzeitsflug. Noch fand ich keinen Falter im Revier. Noch gibt es nur Striche im Kontrollheft. Aufmerksam gehe ich um jeden Probestamm herum.

Nach einer stürmischen Nacht treibt mich Unruhe am frühen Morgen zur nächstgelegenen Kontrollfläche. Der Wind hat sich gelegt. Der Himmel ist bedeckt. Ich sehe einen hellen Fleck an einem Stamm und eile näher. Mir ist, als würde mir ein Film gezeigt von einer Wirklichkeit, die ich vor Jahrzehnten erlebt habe. Damals durchstreiften die Forstfrauen mit Stangen, um deren Enden Stoffwülste gebunden waren, den Wald und zerquetschten an den Kiefernstämmen Nonnen. Ich stehe vor einer Nonne, und wie beim erfolgreichen Pfifferlingesuchen entdecke ich am benachbarten Baum eine weitere und dort die nächste. In mir durchflicht sich Befriedigung, im richtigen Augenblick in den Wald gegangen zu sein, mit der Ohnmacht vor dieser regungslos an der Rinde haftenden Herausforderung. Dreißig Jahre lang sah ich keine Nonne. Wehte sie der Nordostwind her? Sind es Durchzügler oder Vorboten? Noch ruhen sie vereinzelt an den Bäumen. Aber es kann das Anzeichen drohenden Kahlfraßes sein, der nach dem Überwintern der Eier im kommenden Jahr den Wald vernichten könnte, wenn nicht der Forstschutz den Wettlauf antritt und gewinnt und entscheidet, wem der Wald gehört, der Gattung Mensch oder dem Heer der rasend und verschwenderisch die Nadeln verzehrenden Raupen.

Erregt stehe ich vor dem Falter. Obgleich ich es, befragt, in seiner Abwesenheit nicht hätte beantworten können, weiß ich sofort: Gleichschenkliges Flügeldreieck, es ist ein Weibchen. Ich drücke zu. Die Flügel spreizen sich. Der rot getönte Leib wird sichtbar. Die Beine haften fest an der Borke. Ich muss den toten Falter abnehmen, damit er zu Boden fällt. Weder mit Gleichmut noch mit Genugtuung habe ich den Kopf des Schmetterlings zerdrückt. Es gehört zur Dienstpflicht des Forstmannes, Insekten zu töten, die den Wald bedrohen. An den vier markierten Bäumen der Kontrollfläche leuchtet kein Falterdreieck. Im Nonnensuchheft werden also Striche stehen, obwohl ich in der Umgebung der nummerierten Stämme dreiundvierzig Weibchen und siebzehn Männchen finde. Die Männchen fliegen fast alle davon, bevor sie mein gestreckter Arm erreichen kann. Nehmen sie mit ihren tief gekämmten Fühlern die durch mich bewegte Luft deutlicher wahr als die Weibchen? Oder steckt die Unruhe der Schwärmzeit in ihnen, der Nachklang der Nacht, der Drang nach neuem Werben um die in der Dämmerung munter werdenden Weibchen? Die Mehrzahl der Männchen, deren ruhende Flügel ein gleichseitiges Dreieck bilden, taumelt nach dem Abflug ins Heidekraut. Dort zertrete ich sie.

In allen älteren Kiefernbeständen finde ich Nonnen und sehe bald ein, wie nutzlos meine zeitaufwendige Vernichtungsmethode ist. Ich muss die Oberförsterei verständigen.

Mein Weg führt bei den Holzfällern vorbei. Es sind Sommerferien. Das Waldarbeiterehepaar hat seinen Jungen mitgebracht und einen übermütigen schwarzen, dackelartigen Mischlingshund. Ich erwehre mich des aufdringlichen Hundes und erzähle vom plötzlichen Erscheinen der Nonne. Der Junge ist begeistert. Die fehle ihm in seiner Schmetterlingssammlung. Ich zeige auf ein Männchen. Ob es schon ausgewachsen sei, will er wissen. Ich schildere den Umstehenden kurz den Entwicklungsgang der Schmetterlinge und schlage dem Sammler vor, sich diese Grundkenntnisse anzueignen, bevor er reihenweise Falter auf Nadeln spieße, was ich geschmacklos und unsinnig fände. Mit Mühe unterdrücke ich das Beiwort dumm. Er solle sich Bücher mit farbigen Tierbildern kaufen oder selber fotografieren. Damit würde er harmlose und auch seltene Schmetterlinge am Leben lassen und hätte sie trotzdem für sich.

Dem Jungen ist Zuhören offensichtlich ungewohnt. Er hätte noch keinen Schwalbenschwanz. Ob ich ihm nicht einen verschaffen könnte. Ich bezwinge meinen Unwillen und sage nur, von einem Jungen, dessen Eltern im Wald arbeiten, hätte ich ein besseres Verhältnis zur Natur erwartet. Da spielte er seinen Trumpf aus: Wald interessiere ihn überhaupt nicht. Er ginge zur Marine. Dann brächte er sich aus Indien und Brasilien die schönsten Schmetterlinge der Welt mit.

Mühelos und nachdenklich umkurve ich auf dem Heimweg die Schlaglöcher. Nach jedem Kraftfahrzeug, das an mir vorbeirast und bald verstummt, wird mir mein fast geräuschloses Fahren zur staunenswerten Entdeckung und nicht minder die Geruchlosigkeit meines Dahingleitens. Im Straßengraben blüht Blutweiderich, daran und darüber Schmetterlinge in großer Zahl. Einer liegt auf der Straße. Er bewegt sich und kann sich nicht erheben. Ein Flügelpaar haftet am Asphalt, das andere ist aufgerichtet. Er flattert und kommt nicht frei. Er mag gegen ein Fahrzeug geflogen sein und wird sich nicht mehr erholen. Ohne Fahrrad hätte ich ihn nicht bemerkt. Da treibt ihn ein Windhauch an den Straßenrand. Erbarmen für Schmetterlinge gibt es nicht. Nur vielleicht so ein kurzes Gefühl, als ginge, was ich sah, auch mich an.

Ein Mensch, Jahrgang 1921 wie ich, der Name ist überliefert, Pavel Friedmann, hat 1942, zwei Jahre vor seinem Ende in Auschwitz, im Lager Theresienstadt ein Gedicht geschrieben, in dem die Zeile steht: «Doch einen Schmetterling hab ich hier nicht gesehn.»

Das weiche Holz der Weiden

Manchmal treiben «Losigkeiten» uns voneinander los, stellen uns gegeneinander. Kommen sie von mir oder von dir oder vom Mond? Steigen sie aus regendurchfeuchteter Erde? Lustlosigkeit. Lieblosigkeit. Friedlosigkeit. Mutlosigkeit. Wehrlosigkeit. Und ich warte, es möchte etwas in mir geschehen, das ich nicht zustande bringe.

Weshalb gebrauchst du deine Macht nicht für uns? Sind wir einander so ähnlich, dass wir uns mit keinem Mitteilen erreichen können, gegen das wir widerstandslos wären, das uns befreite und beschämte?

Ich gehe an die Tür zur Veranda und frage: «Wenn du deinen Brief fertig geschrieben hast, kommst du dann ein Stück mit aus dem Haus?»

«Meinetwegen.»

«Du brauchst nicht, wenn du nicht willst.»

«Habe ich nein gesagt?»

Ich gehe in das Wohnzimmer zurück. Du rufst mir nach: «Es regnet.»

Auf dem Tisch liegt mein leerer Schreibblock. Daneben ein Brief, den ich beantworten wollte. Mich drängte es nicht dazu. Zeit wollte ich ausfüllen. Ich drücke die Radiotaste. Die Sechzehnuhrnachrichten gehen mit der Information zu Ende, dass Hunderte von Urlaubern des schlechten Wetters wegen vorzeitig nach Hause zurückkehren. Die Betrachtung über das Buch eines Oxforder Theologen aus dem 17. Jahrhundert folgt, ein heute so gut wie vergessenes Buch. Die revolutionäre Weitsicht dieses

Werkes wird hervorgehoben, sein lebendiger Stil, die Erfahrung, das Wissen, die Wahrhaftigkeit und Weisheit des Autors, durchstochen von Ironie. Diese «Anatomie der Melancholie» handelt, so wird aus dem Vorwort zitiert, «verehrter Leser, von dir». Ich sollte Kernsätze mitschreiben. Stift und Papier liegen da. Ich sollte dich rufen. Ich lehne im Sessel und leide. Niemand bedauert mich. Keiner bemüht sich um mich. Ich bin allein. Ich starre auf meine gewölbten, willenlosen Handrücken. Ich sehe das Papier auf dem Tisch und ärgere mich, dass ich nicht mitschrieb. Es wäre sehr auf die originalen Formulierungen angekommen. Einige Sätze bleiben im Ohr. «Wie quälend ist das Gequälte mancher Geistlicher, die blind herumgehen mit der Bibel als Kopf.» – «Wehe den Herren der Erde, welche Rechte beanspruchen, die sie den Arbeitern nicht gewähren.» – «Das Gesicht der Liebe ist hohlwangig, sie lächelt mit ihren Augen sich selber an und merkt es nicht.» Hätte ich wenigstens den Namen des Verfassers notiert, der in den Schluss seines Buches alle Menschen einbezog: «Der liebe Gott bewahre uns vor Unglauben, Schwermut und Eifersucht.»

Das mich noch mehr aufrührende Werk eines jungen Komponisten halte ich mir vom Leib und löse die Taste, trete ans Fenster und kühle die Stirn an der Scheibe. Den Glanz der Baumstämme schraffieren keine Regenstriche mehr.

Ich gehe in den Flur und sage: «Es hat aufgehört.»

«Gut, ich komme. Möchtest du Pilze suchen?»

«Ich weiß es nicht.»

«Ich frage nur wegen Messer und Korb.»

Wir verlassen das Haus. Du schüttelst dich. «Hässlich.»

«Dann wollen wir doch lieber hierbleiben.»

Aber du gehst schon durch das offen stehende Hoftor voraus. Dann laufen wir in Sichtweite zwischen den Bäumen. Von den Kiefern tropft es. Du bückst dich.

«Pfifferlinge?», frage ich.

«Einer.»

Ich gehe zu dir. Du blickst zum Waldboden und reichst mir den Pilz. Ich bekratze den dottergelben Stiel, lege deinen Fund in den Korb und warte vergebens auf den Satz: «Nun lass noch was dran am Stiel.»

Du pflückst Heide. Sie steht kärglich nach dem dürren Sommer. Offenbar willst du nun doch, wie bisher in jedem August, die vorjährige Heide in der Wohnung austauschen, obgleich wir uns geeinigt hatten, für das kommende Jahr den alten Strauß zu erhalten. Ich bücke mich nicht. Du bleibst hinter mir zurück. Auf dem Sandweg warte ich. Wir ersteigen die krüpplig bewaldete Düne. Der dahinterliegende Teich ist schon leer.

«Kein Wasser», sagst du.

«Abgefischt», ergänze ich.

«Notgefischt», berichtigst du.

Graureiher fliegen auf. Ohne Laut. Es sind Jungvögel von der nahen Brutkolonie. Drei der Vögel, helle Striche vor dem schwarzen Schlamm, halten uns länger aus. Du gehst weiter. Sonst bin ich derjenige, der nicht warten kann. Die Reiher erheben sich und folgen der aufgelockert fliegenden Schar, einer mit grellem Geschrei.

«Wollen wir den kürzeren Weg auf dem Mitteldamm gehen?»

«Wenn er nicht zu nass ist.»

Unschlüssig stehe ich neben dir. «Der hintere Damm ist weniger vergrast», sage ich.

Du schweigst. Wir wissen beide genau, wie die Wege beschaffen sind.

«Dann gehen wir dort», sagst du. Du sagst es mit wenig geöffneten Lippen und siehst an mir vorbei.

Der Mittelteich hat Wasser. An seinem Abfluss ist unsere Badestelle. Stumm gehen wir daran vorüber. Du siehst die Freunde und ich sehe sie, die Freunde, die nicht mehr leben oder sich anderswo eingerichtet haben. Würdest du ein beiläufiges Wort sagen, augenblicklich wüsste ich, an wen du denkst, woran du dich erinnerst. Du wirst nicht sprechen. Ich erkenne es an deinem Gang.

Unzählige Male sind wir hier gewesen, zu allen Tageszeiten, in warmen Mondnächten. Unauslöschlich das sich stets wiederholende Bild. Einer erklettert die Eichenbohle des Ständers. Er reckt sich. Er ist kein Jüngling mehr. Die Zehen umklammern die Balkenkante. «Bitte auf meine Beine achten, wenn ich springe, und die geringste Krümmung meiner Knie sofort korrigieren!», ruft er und springt.

Tauchte endlich rot und rund das Gesicht aus dem schlammig gurgelnden Wasser, lobten alle aus einem Munde: «Gestreckter geht es nicht! Und dazu der Anblick Ihrer herrlichen Bräune, ein polierter Kupferkessel ist blass dagegen!» Hier meditierten wir unter Sonne, Sternen und aufziehendem Gewitter, wir waren einig und ulkten uns an.

Entblößt stehen bleiche Schilfstängel über dem abgesunkenen Teichspiegel. Blasen durchbrechen aus sauerstoffbegierigen Karpfenmäulern das abgestandene Wasser.

Würde uns der trübe Tag stören, wenn wir einander nicht störten? Ich pflücke Brombeeren. Erwartest du, dass ich dir die beerengefüllte Hand entgegenhalte? Erwartest du es, weil du dir keine suchst? Oder nimmst du dir keine und willst mir damit zu verstehen geben, ich möchte unterlassen, für dich zu sammeln? Ich stecke mir jede gefundene Beere selber in den Mund.

Am Ende des Dammes fragst du: «Wie weiter?»

«Die Wiese ist vermutlich ziemlich nass», sage ich.

«Also auf dem Fußweg.»

Die Sträucher habe ich nicht bedacht. Regenschwer verengen die Zweige die ausgetretene Spur. Es ist mir nicht möglich, vor dich zu gelangen. Du ermöglichst es mir nicht. Du gehst gebeugt. Ein Ellbogen schützt dein Gesicht. Mit der freien Hand schiebst du Zweige zur Seite. Durch den geflochtenen Pilzkorb tropft Wasser. Gelb und schwarz liegt erstes Laub auf dem Pfad.

«Bisamlöcher», sagst du. «Vorsicht.»

Ginge ich mit frisch gewaschenem Haar wie du und würde es von der nassen Rinde der Strauchruten gestreift, vernähme ich wortgetreu: «Wozu hast du eigentlich eine Kapuze?» Sagte ich dir jetzt diesen Satz, verhielte ich mich dennoch nicht, wie du dich mir gegenüber verhalten würdest. Wenn du heute den Satz sagtest, fiele den Füßen das Gehen leichter. Du sagst ihn nicht. Fehlt nur der Anlass? Mein abwägendes Schweigen jedenfalls hilft uns nicht. Ich gehe nahe hinter dir. Ich sollte dir einfach die Kapuze überstreifen. Da ziehst du sie dir über den Kopf.

Endlich der Weg, der zur Flussniederung führt. Im Bruch, am Fuß einer Weide, fällt mir eine kleine Wölbung auf. Braun und glänzend. Ich strenge meine Augen an. Es ist kein Pilz. Es ist ein Blatt. Du erblickst es und sagst: «Ein Butterpilz.»

«Es ist ein Blatt.»

Du trittst näher hin. «Tatsächlich. Schade.»

Griffe ich das Anerkennen, das ich heraushöre, auf, es könnte verbinden. Du gehst tiefer in das Bruch. Ich betrachte die grobrindigen Stämme der sperrigen Weiden, männliche Bäume und weibliche Bäume, ohne Blütenkätzchen und ohne Frucht nicht unterscheidbar. Das Holz ist weich, bruchgefährdet, anfällig gegen Fäulnis, kurzlebig, fast wie der Mensch. Umschlossen von schützender Finsternis leben Weidenbohrerraupen vom süßlichen Holz ihrer Larvengänge.

In meinen wissbegierigen Kinderjahren entdeckte ich an der Wurzel einer Weide das weiße Genagsel dieser Raupe. Mit einem Beilchen hackte ich den Gang frei, anfangs hastig, dann immer sorgsamer, bis ich erregt die kräftige Raupe aus dem ovalen Fraßgang lösen konnte. Sie widersetzte sich. Ich fürchtete, sie könnte zerreißen. Als ob sie vorher gefangen gewesen wäre, jubelte ich: «Endlich habe ich dich frei!» Sie reichte über die nebeneinandergelegten Handteller. Das Kitzeln der drängenden Beine durchzitterte mich. Ich starrte auf die rotbraunen, prall eingeschnürten Wölbungen des Larvenleibes, der sich wellig bewegte und den meine darübergedrückten Daumen am Fortkriechen hinderten. Ich war glücklich über den Fund. Ich küsste das glatte Fleisch und sog den essigartigen Duft des Raupenkörpers ein. Die derben Haare auf dem dunkelroten Rücken streiften meine Lippen. Ich verbarg die, so dünkte mich, einmalige Entdeckung in einer Zigarrenkiste, deren Boden ich mit groben Weidenspänen füllte. «Davon kannst du müheloser fressen als im Baum», sagte ich zu der schönen, fremden Larve. «Und das nötige Dunkel gibt dir die Kiste.» Täglich wollte ich sie sehen und ihren kühlen Leib auf meiner Handfläche fühlen. Am nächsten Tag war die Raupe verschwunden. Unter den Spänen fand ich in der Kiste das Loch. Ich suchte und suchte. Nachts gab es Igel und Wiesel, die das Grundstück durchschnüffelten. Ich litt und verbarg keine Träne vor mir. Hätte ich meine Schuld, meinen Egoismus, das ganze Fehlverhalten erkannt, würde es mir den Verlust erleichtert haben?

Die Spree windet sich lautlos durch die Wiesen. In welcher Weide lebt die schöne Raupe, sicher vor meinem Zugriff, in Einklang mit ihrem Verlangen? Du kennst mein Interesse für Raupen, für alles, was kriecht. Erinnerte ich dich jetzt an mein Weidenbohrererlebnis, wie würdest du darauf eingehen? «Bitte verschone mich mit diesem ekligen Zeug. Was hattest du davon? Du nahmst die Larve aus ihrer Welt und nanntest es Liebe. Es war ihr Tod. Du bist schrecklich. Aber das schlimmste ist, dass man dich trotzdem gern haben muss mit deinem kindlichen Gemüt.»

Du reichst mir wortlos einen Pilz.

«Hast du gekostet?»

«Wozu?»

«Ich fürchte, es ist ein Gallenröhrling. Rosa Futter.» Ich breche ein Stück vom Hutrand ab und kaue es. «Stimmt leider. Gallebitter.»

Du wirfst den Pilz weg. Wir verlassen den Weg nicht mehr. Übergangslos setzt Regen ein. Es ist nicht mehr weit bis zum Haus. Wir beeilen uns und erreichen das Grundstück «genau im richtigen Augenblick». Das ist wieder so ein gewohnter Ausspruch, den ich in dir höre und den du in mir hören musst. Vermisst du ihn? Vermisst auch du ihn?

Außer Atem stehen wir unter dem Glasdach des Treppenaufgangs. Über die ungeglätteten Granitplatten vor den Stufen rinnt das Wasser. Das Moos in den Fugen ist beperlt. Bald wird es sich vollsaugen.

Ich fürchte mich vor dem Aufschließen. In den Zimmern blieb ein Satz zurück, den das Lösen der Radiotaste nicht löschte. «Das Gesicht der Liebe ist hohlwangig, sie lächelt mit ihren Augen sich selber an.» Der Satz lässt die Bilder an den Wänden öde erscheinen, ihre Landschaften, Pflanzen, Tiere, meine Eintracht mit den umrahmten Menschengestalten. Das Holz des geschnitzten Heiligen reißt von der Kälte dieses Satzes und er höhlt die Bücherrücken aus. Ich kehre nicht mit der Freiheit zurück, die den abgestandenen Satz auflöste. Ich habe dich gefragt und du bist mitgegangen. Den Zugang, den ich von dir unterwegs erwartete, hätte ich vollziehen müssen. Was hilft mir diese Einsicht, wenn mein Trotz mich verzehrt?

In allen Taschen taste ich nach dem Schlüssel. Beim zweiten Durchwühlen finde ich ihn. Meine Schwäche, hastig und unüberlegt zu suchen, ist dir keineswegs neu. Du glossierst mich gern darin. Dein zugepresster Mund erstickt deinen Unwillen. Ich vermisse deine Gestik und das Aufplatzen deiner knallig farbenen Wortblüten. Du greifst nach dem Sicherheitsschlüssel in meiner Hand. Ich halte ihn fest, drücke den Schlüssel in die schief eingesetzte Schlossöffnung und lange nach dem Griff der Tür. Wie immer bei Nässe ist die Schiebetür im Gleitrahmen verquollen. Über meiner Hand erfassen deine regenkalten Finger den Griff und helfen beim Aufziehen der Tür.

HERBST

Kleines Mistkäferidyll

Jeden Abend sitzen die Junghühner auf der Birke, die zum Schutz gegen Raubvogelsicht am Zaun des Hühnerhofes steht. Sie werden wohl erst, wenn ich ihnen Schwänze und Flügel gestutzt habe, begreifen, dass es eines höfischen Federviehs unwürdig ist, Nachtlager auf einem wild wachsenden Baume zu beziehen. Ich nehme die Wäschestütze, stake in der Birkenkrone herum, die Hühner flattern, krakeelen und torkeln herab, laufen schlaftrunken und nachtblind am Zaun entlang, wollen zwischen den Staketen entwischen, verklemmen sich, und da kann ich sie ergreifen. Huhn um Huhn schiebe ich durch das Falltürloch in den Stall, lausche den schnell friedlich werdenden Stimmen, und mit dem Nachgespür wohliger Federwärme an den Fingern gehe ich im Dunkel meiner eigenen Behausung zu.

Ein kräftiges Brummen lässt mich verharren. Es umschwirrt mich spiralig. Ich hebe den Kopf und folge dem Geräusch mit den Augen. Nichts zu sehen. Es klingt, als zöge ein Brummkreisel durch die Lüfte. Die Geräuschbahnen werden enger, kommen tiefer herunter und zugleich entfernen sie sich von mir. Ich laufe hinter den Tönen her in die Gartenwiese. Da verstummen sie jäh. Vor meinen Füßen sehe ich einen schwarzen Glanz. Ich bücke mich und rieche einen gewaltigen Kuhfladen. Er kann nur von heute Nachmittag sein, eine Gabe des Ochsens, der das frisch gemähte Gras ins Dorf holte. Wir geben das Gras der LPG, die Halme für die Hühner fallen trotzdem ab. Auch für des Ochsen Hinterlassenschaft haben wir keine Verwendung, wir kaufen unser Gemüse im Konsum.

Weich, wellig, unberührt liegt der geräumige Fladen. Nein, unberührt keinesfalls. Noch tiefer beuge ich mich hinab. Mitten im Breiglanz liegt auf dem Rücken ein Mistkäfer und rudert mit den Beinen. Ich bringe mein Gesicht nahe zu ihm, es sieht mich ja keiner, und betrachte den schwarzblauen Kerl. Noch eben brummig in den Lüften, und nun, am Ziel seines Verlangens, strampelt er hilflos, die Beine dort, wo sie nicht laufen können, die Flügel dort, wo sie nicht fliegen können. Ich reiche ihm den kleinen Finger. Sofort klammert er sich fest, kippt in Bauchlage und schaukelt im Sechsergang über den abendkühlen Berg Mist.

Die Sonne hat einen matten Rand Rot hinterlassen. Ich sehe es durch die Zaunlatten. Der Käfer sieht es nicht. Er sieht keine Sterne, auch der Septembermond wird ihm nichts bedeuten, der bald über dem Garagendach aufsteigen wird. Der Käfer sieht Mist. Sieht er ihn? Siehst du Mist, Käfer? Er stößt sein kräftiges Brustschild, den Kopf voran, in den schwarzgrünen Brei, die sperrigen Beine helfen nach, im Winkel von fünfundvierzig Grad versinkt der Käfer in jenen Gründen, die den Erfolg der Landwirtschaft mitbestimmen. Langsam schließt sich hinter ihm der kleine ovale Einstieg.

Nachdenklich hocke ich im Grase. Wie fand der Käfer diesen für ihn unumgänglichen Ort? Roch er ihn, sah er ihn, fühlten ihn seine Fühler? Was lenkte ihn her zu diesem einsamen Fladen, der nicht größer ist als ein allerdings in ergiebiger Pfanne gebackener Eierkuchen? Es ist dunkel. Der Garten ist groß. Er liegt an der Landstraße. Hinter der Straße sind Felder, keine Viehweiden. Es gibt kaum noch Rinder, die Wagen ziehen oder gar Pflüge. Weit weg von hier, hinter Teichen und Wald, beginnen die Koppeln. Und da nähert sich ein Brummen aus der Luft und fällt ein an der Stätte, der einzigen im weiten Umkreis, durch die ein Mistkäfer zum Mistkäfer wird.

Wäre ich später von den Hühnern gekommen, ich säße jetzt im Haus und wüsste nicht, was hier geschehen ist, denn außer Enten, die über den Hof klingeln, ist nun kein Laut in der Luft. Das Misthügelchen im Grase liegt reglos still.

Mistkäfer hatten es mir schon immer angetan. Noch heute nehme ich sie zwischen Daumen und Zeigefinger und puste ihnen die zahllosen gelbrosa Milben von den Beinborsten fort. Den von seinen lästigen Schmarotzern befreiten Käfer halte ich dann noch in der geschlossenen Hand und gebe langsam der erstaunlichen Kraft nach, mit der seine Beine maulwurfartig in meinen Handfalten graben, wobei der harte Kopf den gewonnenen Raum nicht aufgibt. Hat sich der Käfer in seine Freiheit gewühlt, warte ich, bis er sich voll Luft gepumpt hat und fortfliegt. Allerdings darf ich bei mir wohl auch einen gewissen Hang zum Außenseitertum nicht übersehen, zog es mich doch schon immer stärker zum Mistkäferentmilben als zum Maikäferfang.

Während ich mich dieser Käferspiele erinnere, an denen ich merke, dass nicht alle Fäden, die sich durch unser Leben weben, abreißen und neu angesetzt werden, brummt es wieder in der Höhe über mir. Derselben Gattung zweiter Gast landet auf der aromatischen Insel. Übrigens ein anschauliches Beispiel zum Unterscheiden von derselbe und der gleiche, was mir nach wie vor Schwierigkeiten bereitet. Ich will es mir endgültig an diesem Exempel merken: Ein gleicher Käfer derselben Art landet an gleicher Stelle auf demselben Mist. Diese neuerliche Landung ist mir ein Rätsel. Käfer, wie kommst du hierher?

Nachtschwalben, fällt mir ein, bauen keine Nester. Sie finden ihre am Boden sitzenden Jungen bei Nacht durch die kalkweißen Kotspritzer, die die Nestlinge im Kreis um ihren Waldbodenaufenthalt verteilen. Damit aber ist keine Mistkäfernachtlandung erklärt. Ob die Fühlerfächer den Duft in die Mistkäfernervenzentrale signalisieren? Oder spüren die Beinhärchen oder die Flügel bei der Suche plötzlich in der Taukühle eine Säule wärmerer Luft? Weshalb frage ich? Obgleich es mir nichts nützt, wenn ich ergründe, wie der Käfer die Exkrementenstätte findet, denke ich darüber nach. Ich werde eine mir einleuchtende Deutung entwickeln, die vertrete ich dann als meine Theorie. Begegne ich eines Tages einer völlig anderen Erklärung dieses Mistkäfergeheimnisses, wird sich daraus eine leidenschaftliche Auseinandersetzung ergeben. Und dabei beginnt, scheint mir, die eigentliche Problematik doch erst nach der Landung auf dem Mist. Hergekommen sein müssen die Käfer ja wohl alle auf die gleiche Weise durch den gleichen Reiz, nein, auf dieselbe Weise durch denselben Reiz, nur die Deutungen mehrerer Betrachter können verschieden sein – und alle vielleicht völlig falsch.

Mistkäfer Nummer zwei nämlich ist unentschlossener oder wählerischer als sein Vorgänger. Im Zickzackkurs überrennt er den Fladen, ehe er sich, fast an dessen Rand, zum Einstieg entschließt. Möglich, dass ihm trockenere Substanz sympathischer ist, oder er leidet an Atemnot. In dieser Richtung muss etwas mit ihm sein, denn ich sehe, sein Einbohrloch bleibt offen, es rinnt nicht hinter ihm unsichtbar zusammen.

Und nun, wahrhaftig, brummt es schon wieder. Auch diese Landung liegt zentral. Es steigt kühl aus dem Rasen, aber ich kann mich nicht trennen von dieser elastischen Piste. Die Bewegungen des Neuangekommenen sind gemessener als die seines Vorgängers, dessen Einstiegloch noch immer offen steht. Mistkäfer drei umkrabbelt seinen Ankunftspunkt und kehrt mehrmals zu diesem zurück. Endlich dürfte er sich überzeugt haben: Auch die Umgebung kann nichts Besseres bieten. Er bohrt sich ein. Hastiger als seine Vorgänger verschluckt ihn der schwarzgrüne Brei. Die Düsternis ist meinem konzentrierten Betrachten kein Hindernis. Ich blicke auf die Uhr. Ich will die Spanne von Landung zu Landung ermitteln. Wer weiß, ob solches je vor mir ein Mensch getan hat. Moment, dort hebt sich die seimige Lava. Mit dem Hinterteil voran, kehrt der jüngste Gast an die Oberfläche zurück. Ungetrübt, unverschmiert glänzen seine nachtblauen Flügeldecken, sie sind eher noch glänzender geworden. Keine Spur des Stoffes, dem er entstieg, haftet an seinem Leibe. Und weiter sucht er, hin und her, gelassen, wichtig, es muss ja sein. Nochmals taucht er unter, nochmals kehrt er wieder, das dritte Graben endlich führt ihn an sein mir unsichtbares Ziel.

Nach vier Minuten und dreißig Sekunden erfolgt die vierte Landung. Dieser Ankömmling ist ein Durchschnittsmistkäfer, ich bemerke nichts Auffälliges an seinem Verhalten. Auf direktem Wege folgt er seiner Bestimmung, wie es dem Rosenkäfer, einem nahen Verwandten von ihm, bestimmt ist, sich im Farbengrund wilder und edelster Rosen zu laben. Der Mensch hat sie verwandt gemacht, Familie Blatthornkäfer aus der Ordnung Coleoptera. Dazu wäre viel zu sagen, aber dies soll keine vergleichende Betrachtung für den Menschen sein. Der Mensch hat die Käfer geordnet, und man möchte denken, da könnte er auch anderes ordnen zwischen Rosenduft und Mist.

Die Wiesenfeuchte lässt mich frösteln. Trifft in fünf Minuten nicht der nächste Käfer ein, verlasse ich den Ort.

Die fünf Minuten sind vergangen. Ich hocke vor einem Kuhdreck und kann mich nicht zum Weggehen entschließen. Und wieder braust es herab, Mistkäfer Numero fünf. Sicher landet er auf der Peripherie des Haufens und fällt die Mistböschung hinunter ins Gras. Halme bewegen sich. Ich höre beharrliches Scharren. Der Käfer gräbt sich in die Rasenerde. Mit Recht vermute ich nach meinen bisherigen Erfahrungen mit einem Versehen. Ich fasse den von seinem Element Abgeglittenen und setze ihn behutsam in die Kuhplempenmitte. Unbeirrt eilt der Käfer wieder dem Rande zu, stolpert über die sonnenrissige Böschung und gräbt sich erneut zwischen Halmen in den Boden.

Fünf Käfer also derselben Art gruben eine Röhre senkrecht in die Tiefe, die einen durch die Mitte, ein anderer am Rande, ein weiterer neben dem Dung. Bald werden sie, meinen Blicken entzogen, von der Hauptröhre ab kleine Seitengänge bohren und in jeden ein winziges Ei hineinlegen. Dieses Ei werden sie mit einer Prise Mist versehen, damit das Mistkäferlärvchen sich nähren kann, wenn es dem Ei entschlüpft.

Nachdenklich und vergnügt steige ich die Stufen ins Haus. Über dem Garagendach steht der runde Mond. Ich sehe den Mond und ich sehe den Mistkäfer, und es drängt mich zu wissen. Der Mensch ist neugierig. Neugierde will befriedigt werden. Sie wird es nie, weil Forschen Freude bringt. Sogar an einem Haufen Kuhdung.

Einer wurde heiliggesprochen, auch ein Verwandter, Ateuchus sacer, der heilige Pillendreher, einst in Ägypten dem Sonnengott geweiht, nachgebildet aus Ton und in Edelstein. Ich trage einen unsichtbaren Skarabäus an der Hand, mein Finger hat einem rücklings in einem Kuhfladen gelandeten Mistkäfer auf die Beine geholfen.

Kleine Exkursion

Was sind das für Löcher hier im Sand?»

«Das sind erstens keine Löcher, sondern Trichter, mein Sohn, und zweitens – also: Im Grunde dieser Trichter befinden sich Ameisenlöwen, und Ameisenlöwen sind die Larven der Ameisenjungfern und diese wiederum gehören zur Gattung der Netzflügler.»

Aber da wird mir noch rechtzeitig klar, dass dies nicht der richtige Weg ist, des Kindes Anteilnahme an den kleinen Dingen zu wecken, und ich sage: «Komm, wir setzen und hierher, hier scheint die Sonne schön.»

Und wir hocken uns, ein Riesendaniel mit seinem Sohn, mitten unter die Löwengruben in den noch warmen Waldwegsand. Jedoch sind unsere Gesichter immer noch zu weit entfernt, also legen wir uns auf den Bauch, stützen die Gesichter in die Arme und sind nun den vielen Trichtern und den kleinen schwarzen Ameisen, die es immer eilig haben, ganz nahe.

«Pass mal auf, wenn jetzt eine Ameise an den Trichterrand gerät, gibt der feine Sand nach und sie rutscht ab, so tief, wie wenn du bei deiner Größe in eine sehr tiefe Sandgrube rutschen würdest. Im selben Augenblick spritzt aus dem Grunde des Trichters eine Sandfontäne nach der anderen hoch, um die Ameise, die natürlich wieder hinaufklettern will, zurückzuholen. Und plötzlich wird sie, ohne dass du den Räuber sehen könntest, gepackt und unerbittlich unter den Sand gezogen. Wir wollen einmal abwarten.»

Aber ach, wie viele Ameisen auch krabbeln und wie viele Fanggruben sich aneinanderreihen, keine Ameise fällt hinein. Sie weichen alle aus.

«Ja, wenn aber da keine hineinrutscht, müssen dann die Löwen verhungern?»

Das leuchtet ein. Und weil wir mitfühlende Wesen sind, haben wir schon eine Ameise gefangen und in eine Grube gesetzt. Der Sand spritzt auf. Kein Sträuben hilft. Wie vom Märchenwassermann gezogen, wandert die Ameise in die Tiefe.

Da sagt das Kind: «Die arme Ameise.»

Mir tut sie auch leid, wo sie doch klug ist und von selber sicherlich nicht in die Falle geraten wäre. Schnell fahre ich mit dem Finger unter den Sand und hebe den Trichter aus. Da strampelt sich die Ameise sandstaubgrau heraus und läuft davon. Aber den Löwen sehen wir nicht. Wie gut, dass Tiere, wie man sagt, nicht denken können. Was müsste im Kopf der Ameise jetzt vorgehen! Wo aber steckt der Löwe? Wir suchen und suchen. Da liegt ein Sandklümpchen im Staub – und bewegt sich. Diese Enttäuschung: Das winzige, sechsbeinige Wesen hat außer seiner Bezeichnung mit dem Wüstenkönig wirklich nichts gemeinsam. Es Ameisenwanze zu nennen, wäre begründeter. Ein dicker, grauer, spärlich behaarter Hinterleib, ein flacher Kopf daran mit zangenförmigen Fangwerkzeugen, die Beine anscheinend verschieden lang, die mittelsten sind vermutlich die «Spritzbeine», sie stehen am längsten ab. Das Gesicht ist eigentlich recht hübsch. Es hat eine richtige Herzform und glänzt. Die verlorene Löwenillusion ist dennoch nicht zu retten. Der Räuber liegt auf meiner flachen Hand, und ich denke scharf, wie ich des Kindes Anteilnahme wieder wecken könnte. Mir kommt eine kannibalistische Idee. Ich setze den Löwen in die Grube seines Nachbarn, von dessen Existenz er vermutlich bis zu diesem Augenblick keine Ahnung hatte. Schon spritzt der Sand, und halb zieht es ihn, halb sinkt er hin. Aber eben nur halb. Der Bruderkampf bleibt unentschieden, mühelos erreicht er den Kraterrand, wo er starr liegen bleibt in ungewohnter freier Luft, viel zu lange für unsere Geduld.

Doch da werden wir großen Kinder der Technik erst einmal abgelenkt. Ein langer Güterzug kommt angerattert und was sehen wir? Aus allen Löwengruben spritzen Sandfontänen! Die Erschütterung des Zuges bringt Sandkörnchen ins Gleiten und die Jungfernlarven wittern sichere Beute.

Unser Löwe hat sich noch nicht gerührt. Schade, man müsste wirklich Geduld haben. Er wird sich ja zum Bau einer neuen Grube entschließen müssen.

Mit einer Kiefernnadel schiebe ich ihn noch einmal ohne Erbarmen in den fremden Trichter. Erneut entbrennt der Kampf.

«Warum greift unser Löwe nicht auch den versteckten an? Sie haben doch beide die gleichen Waffen.»

«Die gleichen Waffen wohl, aber nicht die gleiche Stellung. Sie können nur Angreifer sein aus der einen, ihnen bestimmten Lage. Außerhalb seines Trichterverstecks fühlt sich der Ameisenlöwe wie ein Dampfer auf der Landstraße.»

Wir beschließen, unser Löwenexperiment zu beenden und entreißen ihn den gierigen Zangen seines verborgenen Artgenossen und setzen ihn auf Sand. Soll er sich eine neue Grube bauen! Er denkt nicht daran. Ob er die Helligkeit nicht verträgt? Ich schiebe ihn in eine kleine Vertiefung. Mit hastigen Rückwärtsstößen verschwindet er und ward nicht mehr gesehen.

«Trägst du mich auf den Schultern nach Hause, Vater?»

«Jaja», und ich stütze mich auf, indes der Junge schon aufsitzt. Aber da naht sich ein Käfer, den ich seit jeher gern mochte: Hylobius abietis, der große braune Rüsselkäfer.

«Siehst du, wie ein Elefant kommt der angewankt.»

Schon manchem Prüfling ist er im Zaubergarten der Insektenkunde zum Retter geworden. Bleibt er doch dank seiner Größe unter den hundert Borken-, Bast- und Rüsselkäfern der unverkennbar sicher zu Bestimmende. Wie ich ihn so dahersteigen sehe, werde ich kleiner als das Kind und finde mich auf der Mammutstaude des Steinklees hockend und die wilde Welt betrachtend. Da zieht ein Elefant daher und ringsum lauern Löwen.

«Vater, jetzt geht er in die Grube.»

Wir lachen über die spritzenden Fontänen. Der Rüsselkäfer tappt gelassen aus dem Trichter.

Die Ameisen kribbeln gewandt um die Abgründe herum. In stiller Tücke ruhen die Gruben. Da weiß ich, was diese Kiefernsandweglöwen mit ihren Wüstengefährten gemeinsam haben trotz mancherlei anatomischer Unterschiede: Sie können warten. Darin dürfte der Erfolg ihres Lebens liegen.

Die Falle

Leuthold ist ein Tierfreund. Das wichtigste ist eine regelmäßige Winterfütterung der Vogelwelt, sagt er und bezieht schon im Sommer einen Sack Streufutter. Den stellt er in den Keller. Ab da erwartet er Schnee um das Futterhaus, weichflockig über der Rasenfläche vor dem Fenster. Er sieht die Meisen vor sich, die geplustert auf Birkenzweigen sitzen, die vom Baum zum Futter und mit einem Sonnenblumenkern zurück zum Baum fliegen und so immer hin und her, während die Grünfinken zänkisch im Futterhäuschen die Sämerei verschwenden. Buchfinkenmännchen und Bergfinken sammeln, was herabfällt. Sie laufen geschäftig, und langsam wird der Schnee von ihren Zehen fest. Unser Tierfreund wird am Fenster stehen und zufrieden zusehen. –

Eines Tages entdeckt er im Keller auf dem Betonboden Schalen von Sonnenblumenkernen und im Sack in halber Höhe ein Loch. Sofort die Kastenfalle her! Über der Kerze räuchert der Räucherspeck zu erhöhtem Mäusegenuss. Am Abend ist die Maus gefangen. Der Mäuseschaukelsteg ist übergekippt, der Eisenstift hat sich festgesteckt, es hat sich ausgewippt. Unser Tierfreund nimmt die Falle auf, tritt ans Kellerfenster, lässt Licht in die Höhlung fallen durch die runden Löcher im Schiebeblech und sieht sich der Maus gegenüber. Am Ende des schrägen Ganges sitzt sie, im Winkel, den die blockierte Schaukel mit dem Kastendach bildet: langschwänzig, gelbgrau mit schwärzlichem Rücken, weiches Fellchen und sauber. Schwarze Kugeln die Augen, sie sitzen auf dem spitzen Gesicht. Wer will sagen, was sie erkennen und wie?

Leuthold rührt der Gedanke, dass die Maus, er weiß sogar: eine Waldmaus, den Zentner Sonnenblumensamen verließ und arglos in die Höhle lief zum doppelt geräucherten Mäusespeck. Er entschließt sich, nein, es ist in ihm, er trägt die Waldmaus in den Wald und lässt sie laufen. Kleine Maus, sagt er, als er die Blechklappe hochzieht, wenn ich es gerecht bedenke, bist du schwach, wie ein Mensch sein kann in Versuchung. Leuthold hält den Kasten in Höhe seiner Brust, die Öffnung natürlich von sich abgewandt, und genießt den Sprung der Maus in die Freiheit. Eine Sekunde verharrt das Tier benommen, dann verschwindet es in einem Reisighaufen. Die leere Kastenfalle unterm Arm, geht Leuthold langsam zurück in sein Haus. Er denkt an lebendig gefangene Mäuse, die Menschen in kochendem Wasser ersäufen.

Sicherheitshalber stellt er die Wippe wieder fängisch mit demselben Speck. Sie bleibt unberührt. Einige Male sieht Leuthold noch nach, dann vergisst er die Falle. Im Spätherbst kommen Briketts. Das Kohlenkellerfenster muss angelehnt und mit zwei Ziegelsteinen gestützt werden, es lässt sich nicht einhängen, die Kohlen liegen zu hoch. Die Falle, denkt Leuthold. Er nimmt sie auf. Im Kasten liegt eine Maus, struppig, sie stinkt schon nicht mehr, eine Mäusehülle. Was muss sie ausgestanden haben, verhungert, durch meine Nachlässigkeit verhungert! Und eingetrocknet, grünspangrün, liegt das Speckstück daneben. Die Käfigangst war also schlimmer für sie als der Hunger, spricht Leuthold leise in den Keller, der Mensch hätte gegessen. Wie muss dem Tier gewesen sein, wenn mehrmals am Tag und in der Nacht mit jähem Krach der Motor der Hauswasserversorgung einschaltete? Schmerz, Schrecken, Hunger, Angst, wie gehen sie um in einer Maus?

Leuthold gelobt: Jeden Tag wird von nun an die Falle kontrolliert, und wenn ich hundert Mäuse fange, nicht eine wird getötet!

Er räuchert neuen Räucherspeck. Bald sitzt eine Maus im Kasten. Neugierig kommt sie ans Gitter. Die spitze Schnauze, rosig, dünn behaart, füllt ein rundes Blechloch aus. Oh, Apodemus flavicollis, flüstert Leuthold, Gelbhalsmaus, schönes Tierchen. Am liebsten würde er ihm die gelbe Kehlbinde streicheln. Habe ich ein Recht, dir zu missgönnen, was ich weitsichtig den Vögeln aufbewahre? Die Maus springt im Zickzack im Gartengras davon.

Es folgt eine Hausmaus, mausegrau, nichts weiter. Aber darum geht es nicht, sagt Leuthold. Mäuse, das ist nicht Rötelmaus, Brandmaus, Waldmaus, Feldmaus, Gelbhalsmaus, Erdmaus, Hausmaus. Mäuse, das ist Maus und Maus und Maus.

Er stellt die Falle auf den Waldboden, ein gutes Stück vom Hause ab, eine Strafe muss sein. Die Hausmaus kommt heraus, hebt die Hausmausnase in die Nadelstreu und kriecht in den Kasten zurück. Vorwärts, ruft Leuthold und schüttelt die Maus aus der Falle.

Am nächsten Tage fängt er drei. Ich glaube, ich bin verrückt, sagt er, als er die Klappe zum dritten Male öffnet. Er ist versucht, auf die letzte Maus zu treten, die eine Sekunde zögert, wie die erste Waldmaus, ehe sie fortspringt. Aber was kann sie dafür, dass sie die siebente ist und die andere die erste war?

Fünf Mäuse tags darauf. Leuthold bestimmt die Arten nicht mehr. Er fühlt sich genarrt. Mäuseschnauzen schnuppern. Mäuseaugen blitzen. Maus durchs Kohlenkellerfenster herein und in die Falle. Leuthold die Kellerstufen hinauf, Kasten auf, Maus fort, Kellerstufen wieder hinab, Falle aufgestellt. Der Tierfreund wird müde. Schwankend zwischen Zorn und Wehmut, erinnert er sich seiner Empfindung beim ersten Mäusesprung.

Da kommt ihm der Gedanke! Wie, wenn nun die Mäuse, die mir ihre Freiheit verdanken, sich erneut in meinen Keller wagen? Ich werde einen Versuch machen. Bestätigt sich mein Verdacht, rechtfertigt solcher Undank das Töten! Die nächste Maus schüttelt Leuthold so lange im Kasten, bis er ihren Schwanz durch ein Blechloch ziehen kann. Den pinselt er mit einem weißen Ölfarbstreifen an. Dabei stößt die Maus leise Fieptöne aus, und Leuthold freut sich seiner Idee. Du hast dein Leben in deinen Mäusepfoten, sagt er. Kommst du wieder, ist es aus und mit allen, die nach dir kommen, auch.

Ein Poltern im Keller begleitet diese Worte. Der Kohlenberg rutscht nach. Nun lässt sich das Fenster wieder in die Scharniere hängen und dicht verschließen. Aber Leuthold tut es nicht. Er muss wissen, was geschehen wird. Es ist sein Versuch.

Nun fängt er Mäuse, nur noch Mäuse. Mausaugen, Schnäuzchenzittern, rosa Zehen, er sieht es nicht mehr. Langschwänzige Mäuse, kurzschwänzige Mäuse, nichts als Mäuse. Es gibt nur noch eine. Die hat einen weißen Schwanz. Er fängt sie am dritten Tag.

Interessant, sagt er, zieht sie am Schwanz unter dem leicht gehobenen Blechschieber hervor, drückt ihr diesen fest und schmerzlos ins Genick und schließt das Fenster.

Fischefangen

In jedem Jahr im Oktober beginnt für die Kinder des Dorfes eine große Zeit. Da werden die vielen Teiche «gefischt». In aufgeregter Schar stehen die Jungen auf dem Damm um den Ständer herum, allerdings in respektvoller Entfernung, weil die hochgestiefelten Fischer sich ein Vergnügen daraus machen, die neugierige Schar mit dem schlammigen Wasser zu bespritzen. Die Männer stehen in den Sammelbecken, die in den tiefsten Stellen der Ablassgräben geblieben sind, und ziehen mit breiten Netzen das schillernde Gezappel der vielen Tausend glatten, glänzenden Leiber der Karpfen, Schleien, Barsche, Hechte und Zander heraus. Auf langen Tischen werden sie von flinken Händen nach Art und Größe sortiert. Unaufhörlich spritzt das Wasser auf in den hohen hölzernen Bottichen, in die die offenmäuligen, schwanzschlagenden Fische wandern. Dann kommt der «Bulldog» angedonnert, dass das Gestrüpp zu beiden Seiten des Dammweges auseinanderschlägt. Auf den Hängern stehen eiserne verschließbare Kübel. Darin beginnt die Reise der Weihnachts- und Silvesterkarpfen. Und dann fahren die schwimmenden Reisenden in weißen Sonderwagen in die große Stadt.

Doch ich will von den Kindern erzählen. Im Grunde interessiert sie das Fischen nur am Rande als eine Art Vorfischen. Und sie stehen nur deshalb da mit stundenlanger Geduld und oft genug auch schlotternd vor Kälte, weil jeder der Erste sein möchte im Teich, wenn die Fischer auf den letzten Wagen das Gerät verladen und dann selber hinaufsteigen, wo bald der wohlverdiente wärmende Korn zu kreisen beginnt. Da stürzen die Jungen die Böschung hinab an den Graben mit ganzen oder verschlissenen Gummistiefeln oder auch barfuß, die Hosen hochgekrempelt, die Ärmel aufgestreift, mit Käschern, wie sie fachgerecht ihre selbst genähten Netze nennen, in den aufgeregten Händen. Mit Eimern, Säcken und Gießkannen beginnt die Jagd und der Kampf um die Nachbeute und um die Zeit: Denn es drängt zur Eile, die Dämmerung kommt bald und die kleinen Jungen müssen pünktlich zu Hause sein, wenn der Abend friedlich verlaufen soll. Die Kleinsten, die an Körperkraft und Erfahrung noch nicht konkurrenzfähig sind, begnügen sich von vornherein mit den unzähligen am Grabenrand im Schlamm schon ganz ruhig liegenden Weißfischen, den Neunaugen, Gründlingen und kleinen Barschen, die so hübsche rote Streifen haben und derbe stachelige Flossen. Die Größeren aber kämpfen um edlere Beute, und ab und an lichten sich ihre Reihen, wenn einer im Eifer der Arbeit oder als Opfer eines jagdneidischen Nachbarn lang in das schwarze, dickflüssige Wasser fällt und, unter lautem Heulen den vielleicht eben noch besten Freund beschimpfend, den doppelt schweren Gang nach Hause tut: des Fortgehenmüssens und der zu erwartenden mütterlichen Begrüßung wegen. Die Elite dieser wilden Schar aber erntet, gelassen über derlei Streit hinweggehend, weit draußen im Teich in kleinen Tümpeln oft recht lohnende Beute.

Wir wohnen abseits vom Dorf, und weil Burkhard erst in einem Jahr zur Schule geht, hat er noch keine große Verbindung zu den Kindern des Dorfes. Sein erstes Nachfischen endete mit einem totalen Misserfolg für ihn. Seitdem geht er auf Einzeljagd.

An einem nebelnassen Novembertag, als die meisten Jungen ihre Begeisterung für das Fischen schon wieder schwinden fühlten und lieber die von der Försterei gut bezahlten Eicheln sammelten, wurde der nahe gelegene Neuteich gefischt. Der Junge bettelte so ausdauernd, dass wir ihm mit vielen Ermahnungen die Erlaubnis nicht versagen konnten.

Der Handwagen wurde mit zwei Wassereimern und einer Kindergießkanne beladen, die, weil das Teichwasser zu dreckig wäre, bereits an der Pumpe gefüllt wurden. Wie viel Wasser auf dem wurzeldurchwachsenen Waldweg versickerte, vergaßen wir zu fragen, als der Filius drei Stunden nach der vereinbarten Zeit mit strahlendem Gesicht, freudig umbellt von seinem ständigen Begleiter «Cäsar», im Hofe einfuhr.

«Ich habe Hechte, drei Stück, ganz große. Ein Fischer hat sie mir gegeben, weil ich so fleißig war und die ganzen Barsche raussortiert habe.» – Bei dieser unbekümmerten Freude geriet mein Vorsatz, ihn wegen der «Überstunden» nie wieder allein fischen gehen zu lassen, ins Wanken. Doch sprach ich es dennoch aus, wobei er mich wie einen Spielverderber verständnislos ansah. Und seltsam: Ich wurde immer milder gestimmt. Ich sah mich selber stehen in meines Vaters Gummistiefeln, Schlamm und schleimigen Rest von Fischen an Händen, Mantel und Hose, und durch und durch durchdrungen von dem unvergleichbaren Fischgeruch.

«Aber ich konnte doch gar nicht eher kommen, Vater, ich musste doch mitarbeiten. Und sonst hätte ich doch die Hechte nicht bekommen. Aber essen dürfen wir die nicht, die haben alle die Grippe, hat ein Fischer gesagt, die müssen erst eine Woche in warmes Wasser, da werden sie wieder gesund.»

Bis zum Abend konnten wir ihn von der Gesundheit der Fische überzeugen. So selbstbewusst hat Burkhard noch an keinem Abendbrottisch gesessen, aßen wir doch sein erstes mit seinen eigenen Händen erarbeitetes Mahl.

Einige Tage später kam ich auf einem Waldgang am Sarkassenteich vorbei. In einer teicharmen Gegend würde man eine solche Wasserfläche stolz einen See nennen. Aber man ist bescheiden in den Kiefernwäldern, in denen Teich an Teich liegt, umgeben von Sümpfen und Mooren, wo Rosmarien und Glockenheide blühen und der seltene Sonnentau zwischen Torfmoos und Binsen sein unscheinbares Dasein führt. Kraniche brüten in den Mooren, Graugänse und Rohrdommeln im Schilf. Einmal sah ich einen Hirsch und drei Stück Kahlwild an einem Sommerabend mitten durch den Teich flüchten, dass das Wasser schäumte und aufscholl. Aber das lag jetzt alles weit zurück. Wo im Frühjahr die gelbe Wasserlilie leuchtet und die weißen Wollgrasbüschel sich im Sommerwind bewegen, stand jetzt fahles, vertrocknetes Schilf, nur ab und an ein wenig belebt von kräftigen schwarzbraunen Rohrkolben.

Da sah ich im Abflussgraben in einer Wasserlache ein dichtes Gewimmel unzähliger Weißfische. Sie schwammen so gedrängt, dass sie wie ein Klumpen wirkten. Hier muss Burkhard Fische fangen!

Am Nachmittag fuhren wir los mit einem großen und einem kleinen Eimer und einem Netz aus einem alten Seidenstrumpf. Burkhard wurde fast vom Jagdfieber geschüttelt. Wir versuchten einen Probefang. Der Strumpf versagte. Die Öffnung war zu klein. Die flinken Fische wichen jedem Zuge aus. Ich befestigte den kleinen Eimer an einem Stock und das ging großartig. Während ich zu den in der Nähe arbeitenden Holzfällern ging, überließ ich den Sohn sich selbst. Keine halbe Stunde war vergangen, als es in höchster Lautstärke rief: «Vater, komm schnell, der Eimer ist übervoll!»

In der Tat, das war ein Gezappel und verzweifeltes Atmen der silbern schillernden Fische. «Wir müssen schnell nach Hause», sagte ich, «sonst sterben sie alle an Atemnot.»

Der Junge kletterte auf den Kindersattel. Ich hing den schweren Eimer an die Lenkstange und wir fuhren los. Ein Pfützenloch, ein Spritzer aus dem Eimer und viele Weißfische lagen auf dem Wege. Etliche retteten sich in die Pfütze. Burkhard litt um jeden einzelnen Fisch.

«Wir lesen sie alle auf, keiner darf liegen bleiben.»

«Aber die in der Pfütze können wir doch lassen.»

«Nein, Vater, nein, wenn ein Wagen kommt, sind sie alle tot.»

Es half nichts. Ich spritzte Wasser aus der Pfütze und fing so einige wieder ein.

«Vater, so geht das nicht. Wir müssen die Pfütze ablassen.»

Schon begann er, was dank seiner langjährigen Praxis im «Wasserbau» kein Problem war, einen Ableitungskanal mit den Fingern auszukratzen. Ich wollte unerbittlich widersprechen, aber die kindliche Sorge rührte mich, und mir fiel die Ermahnung meiner Mutter ein, die sie uns einst auf unsere Fischzüge mitgegeben hatte: Kinder, man darf keinem Tier etwas zuleide tun, aber die Fische muss man ganz besonders lieb haben, weil sie von Gott bevorzugte Tiere sind. Als nämlich die Sintflut die Erde überschwemmte, ward von jeder Tierart nur ein Paar gerettet in der Arche Noah. Die Fische aber blieben alle am Leben und schwammen fröhlich durch die Flut.

Als der letzte Fisch geborgen war, schoben wir das Rad. Da stellte Burkhard eine seiner verfänglichen Fragen: «Vater, warum sterben Fische, wenn sie draußen auf der Erde sind?»

«Weil sie da keine Luft kriegen.»

«Aber draußen ist doch Luft und im Wasser ist doch keine.»

«Doch, im Wasser ist auch welche.»

«Aber wie können Fische im Wasser atmen?»

«Weißt du, erst schlucken sie das Wasser mit der Luft, dann läuft das Wasser aus den Kiemen wieder raus und die Luft läuft in die Lunge.»

«Aber da müssen sie doch draußen auch atmen können.»

Ich nahm mir vor, sofort in Brehms Tierleben nachzulesen. Eigentlich sollte ich jetzt das Thema wegen augenblicklicher Unklärbarkeit vertagen. Die Neugier lockte mich jedoch, es weiterzuführen.

«Nein, weißt du, die Fische haben keine Lunge wie wir, die brauchen immer Wasser mit Luft, Luft ohne Wasser vertragen Fische nicht.»

«Ach so.»

Schweigen.

«Das stimmt nicht, Vater. Gestern haben wir bei Ekkehard (das ist sein um ein Jahr älterer und sehr bewunderter Freund) einen Fisch gehabt, der hat noch gelebt und hat einen halben Tag und die ganze Nacht und noch einen Mittag draußen gelegen.»

«Hast du das selbst gesehen?»

«Ja.»

«Was war das für ein Fisch?»

«Ein Gründling.»

«Ja. Gründlinge sind zäh.»

«Ich weiß nicht genau, das kann auch ein anderer Fisch gewesen sein.»

Zu Hause angelangt, haben wir dann den vollen Eimer in den Graben am Gartenzaun gekippt und uns gefreut, wie die

Fischlein in blitzenden Schwärmen davonschossen. Auf dem Weg ins Haus meinte Burkhard: Vater, wenn die groß sind, fangen wir sie wieder.»

«Die werden nicht größer, Burkhard, Weißfische sind so klein.»

«Doch, Ekkehard sein Großvater hat auch einen Weißfisch gehabt, und der ist ganz groß geworden, und dann haben sie ihn gegessen.»

Während der Junge zu Bett gebracht wurde, las ich in einschlägigen Werken über die Atmungsvorgänge bei den Fischen nach. Die Unterhaltung war recht nüchtern, als ich es ihm dann noch am Bett zu erklären versuchte, nüchtern, wie alles Erklärbare nüchtern ist.

Von Abend zu Abend

Ich öffnete die Tür. Im Zigarettenrauch des großen Saales hockten auf zahllosen Feldbetten Hunderte Leichtverwundete, ihre dürftigen Gepäckstücke neben sich. Ich drängte mich durch die Reihen, konnte aber kein Gesicht finden, das mir bekannt gewesen wäre. So suchte ich mir einen freien Platz auf einer der grauen Decken, die nach Desinfektion rochen, und lehnte mich, die Kartentasche als Kopfunterlage, an das Fußende der Bettstelle. An Schlaf war nicht zu denken.

Der stockige Dunst der Uniformen und die Gespräche, die sich ausnahmslos über das unmittelbar Zurückliegende aufhielten, steigerten den Zustand der eigenen Unruhe.

Dieser Saal war nur noch vergleichbar den Bahnhofswartesälen des Krieges, wo die Nachtreisenden alle Formen vor dem Fremden am gleichen Tische aufgaben, mit dem Kopf auf der blanken Holzkante lagen und im Schlafe stöhnten.

In diesem Saal warteten, die der Krieg für eine Weile ausgeatmet hatte, um sie in Kürze mit umso tieferem Zuge wieder anzusaugen. Aber es waren Pausen, mochten sie in der Anonymität der

Herumsitzenden noch so sehr das sichtbare Aufflackern der Verlassenheit darstellen, die in jedem war.

Die Hoffnung dieser Pausen lag in ihrer Länge.

Es schien, als zögerte der Arzt einen Augenblick, während er auf meine Einlieferungskarte sah. Dann entschied er, dass ich im Gebäude bleiben sollte. Ich nahm mein Gepäck und stieg mit der abgefertigten Gruppe auf einer breiten Marmortreppe in den zweiten Stock des Baues, der dem Anschein nach eine höhere Schule gewesen war.

Vier Betten standen im Zimmer. Am Fenster das Bett war frei, ein weiß bezogenes, weiß lackiertes Eisenbett mit der schwarzen Tafel am Kopfende, auf der nun für einige Zeit mein Name stehen würde.

Einer las, einer schlief und einer sah vor sich hin, Briefpapier auf den angezogenen Knien. Ich beantwortete die üblichen Fragen, ohne selbst welche zu stellen. Dann trat ich ans Fenster und hatte trotz der Novemberöde des mit Bäumen und Ziergehölzen bestandenen Grasplatzes zum ersten Mal seit Monaten wieder das Empfinden, kein Gelände vor mir zu haben. Nach der Straße zu war der Vorgarten durch einen niedrigen Holzzaun abgegrenzt. Vor den einstöckigen weißen Steingebäuden und den dunkelbraunen Holzhäusern der anderen Straßenseite liefen eilig Menschen, die wohl vor völliger Dunkelheit noch ihre Türen erreichen wollten. Sie wichen aus, wenn ein Militärfahrzeug durch die Schneeregenpfützen patschte. Als die Verdunkelung heruntergezogen wurde, legte ich mich ins Bett und verschob den Brief, den ich noch hätte schreiben müssen, auf den kommenden Tag.

Am Morgen wurde ich in das Verbandzimmer bestellt. Der Arzt gab den beiden Schwestern im Nebenraum Anweisung über die Art des Verbandes und riet mir, dass ich, soweit es mich nicht anstrengte, viel umhergehen solle.

Die jungen Mädchen trugen keine Schwesterntracht und aus ihren Worten hörte ich, dass sie keine Deutschen waren. Sie arbeiteten schnell und geschickt.

Schnee und Regen wechselten ab. Das konnte mich auf meinen Gängen nicht hindern, seitdem ich den Fluss entdeckt hatte, bis an dessen Ufer die von verwilderten Gärten umgebenen Häuser reichten. Der Fluss war nicht breit. An den Windungen fielen die Ufer steil ab. Lehmgelb quirlte das Wasser durch das Bett. Gegenüber begann das Moor, unübersehbar, mit Bruchweiden bewachsen, wie es vor Jahrtausenden nicht anders gewesen sein mochte. Ich lief an den Gartenzäunen entlang, den Biegungen des Flusses folgend, die Wohnstätten in den weiten Gärten zur Linken, die menschenfernen Sümpfe zur Rechten. Ich genoss das Bild und es kam mir nicht abwegig vor, dass ich den Bewohnern diesen täglichen Blick auf die Ebene neidete. Den grauen Schwanzmeisen sah ich zu, die zwischen den Gärten und den Sträuchern über das Wasser hin und her schwirrten. Ihr zartes Sisi Sisi hob den November auf.

Auch entdeckte ich Hasenspuren an der Böschung am Moor, und manchmal, gegen Abend, strichen Enten über den Fluss, Überwinterer aus dem Norden. Der Krieg war fern; in wenigen Tagen, vielleicht morgen schon, konnte er wieder dasein. Aber jetzt war er nicht da, nicht für mich. Bäume waren da, Schneeflocken, Wassergeräusch und Ruhe, die sich aus der Stille in mich übertrug. Als aus Eibenbüschen das Scharlachrot von Gimpeln leuchtete, wünschte ich mir zum ersten Male in diesen Tagen, nicht allein zu sein. Bei diesem Gedanken sah ich deutlich die junge Russin vor mir, die mich täglich verband. Zugleich schob ich diese Vorstellung von mir, weil es hätte näher liegen müssen, dass es ein anderes Gesicht gewesen wäre. Aber ich konnte das Bild nicht verdrängen, es blieb.

Am Abend wurde in der Aula der Schule ein Film gezeigt. Ich kam, als es schon finster war, tastete mich an der Wand entlang und fand noch einen Platz. Am Schluss sah ich zwei Reihen vor mir unter den Frauen, die als Gehilfinnen des Lazarettpersonals arbeiteten, die Schwester. Ich erkannte sie an dem claudischen Zopf, der ihr Haar zusammenhielt, blieb beim Verlassen des Saales hinter ihr. Aber sie drehte sich nicht um.

In der nächsten Verbandstunde fragte ich sie, wie ihr der Film gefallen hätte. Überrascht von dem mühelosen Deutsch und dem unbefangenen Urteil ihrer Antwort, betrachtete ich sie, während sie die Binden aufrollte. Mir gefiel die herbe Weichheit ihrer Züge, die der leicht nach oben geschwungene Mund betonte und ein wenig hochmütig erscheinen ließ. Aber das verlor sich, wenn sie redete, jedenfalls, wenn sie mit ihrer Freundin sprach, und ich glaube, es verlor sich auch bei den wenigen Worten, die sie mit mir in diesem Zimmer wechselte.

In der Mittagsstunde dieses Tages rief mich mein Bettnachbar, als er das Krankenzimmer betrat, zur Tür. Mich wolle jemand sprechen. Sein verständnisvolles Gesicht gefiel mir nicht. Im Flur wartete die andere der beiden Schwestern. Sie sah sich um, nickte mir zu, drückte mir einen winzigen Zettel in die Hand und ging eilig im langen Flur davon. Ich öffnete noch vor der Tür den gefalteten Bogen, es war ein halbes Blatt aus einem Rechenschulheft. Leicht, wie ich die Worte aus ihrem Munde vernommen hatte, standen die Buchstaben in den kleinen Quadraten: Lieber … ich möchte bitte mit Ihnen sprechen, aber mein Herz schon klopft. Ich weiß nicht, was ist los mit mir. Bitte nicht lachen über dieses kleine Brief. Wera. Und unter ihrem Namen stand noch der Satz: Um fünf gehe ich heim.

Ich zerdrückte den Brief, glättete ihn, legte ihn in seine Falten zusammen und steckte ihn ein. Ich holte ihn wieder hervor und las ihn noch einmal. Ich sagte Nein, aber ich wusste, dass ich um fünf am großen Portal stehen würde. Ich beschwor mich, nicht zu gehen, und stieg langsam die Stufen hinab, um zu sehen, wo ich unbemerkt in der Dunkelheit warten könnte, wenn die Einheimischen das Gebäude verließen.

Die Zimmergefährten sahen mich interessiert an. Der eine mochte ihnen Andeutungen gemacht haben, nachdem er mich vor die Tür gerufen hatte. Schon vorher waren in ihren Gesprächen die beiden Mädchen nicht unerwähnt geblieben. Sie lächelten und fragten mich, welche von den beiden es denn wäre. Ich lächelte nicht, sagte: «Beide» und sah den Schachspielern zu. –

Undurchdringlich war die Finsternis. Große nasse Flocken fielen. Die blaue Verdunkelungslampe über dem Eingang beschien kaum die Stufen. Fahrzeuge rumpelten mit dürftigem

Licht über die Straße. Die Tür öffnete sich. Frauen, die im Lazarett zur Arbeit verpflichtet waren, gingen mit schnellen Schritten auf dem Kiesweg davon. Dann war es lange still. Viertel sechs wurde es schon. Ich begann, an der Wahrheit des Briefes zu zweifeln. Die Mädchen hatten sich mit mir einen Scherz machen wollen. Und ich stand hier und wartete. Noch eine Minute, dann gehe ich! Ich sah den Sekundenzeiger rennen. Wenn ich sie jetzt auf der Treppe treffe, bin ich bloßgestellt. Hier in der Finsternis kann ich sie vorbeigehen lassen. Oder soll ich mich noch eine Stunde in das langweilige Soldatenheim setzen, um der Begegnung auszuweichen?

Aber ich stand wie in meiner eigenen Torheit gefangen und sah den kleinen Zeiger sich drehen, und mich fror von den feuchten Flocken auf der Stirn.

An der Pelzkappe erkannte ich sie sogleich. Ich sagte leise: «Guten Abend.»

«Sie haben gewartet? Ja, wirklich –», erwiderte sie, und im langsamen Weitergehen schon: «Bitte, kommen Sie ein Stück mit mir.»

Auf der Straße spannte sie den Schirm auf.

«Lassen Sie mich bitte den Schirm tragen.» Und ich nahm ihn ihr ab.

Sie sagte: «Es ist nicht schön von mir, dass Sie bei dem Wetter mit mir gehen. Aber es ist schön, dass ich einmal nicht allein gehe. Immer allein gehen ist ängstlich.»

Wir bogen bald von der Hauptstraße ab. Kein Mensch begegnete uns mehr. Bis zum Platz mit der Kapelle war mir die Gegend von meinen Flussspaziergängen her vertraut. Ich erzählte ihr davon. Dann fragte ich: «Sind Sie schon lange Schwester?»

«Nein, seit meine Schule Lazarett ist. Aber ich habe Verbinden gelernt. Gute Medizinfachschule war das. Ob ich bald werde weiterstudieren?»

Die Frage traf mich. Es war nicht schwer, den Tag vorauszusehen, an dem die deutsche Front endgültig zusammenbrechen würde. Dann hatte auch ich das Land unwiderruflich zu verlassen, in dem ich Jahre als Feind zugebracht hatte und das ich zunehmend sehen gelernt hatte in diesen Jahren, seine Dörfer, die Ebene, ja – die Ebene, an die der Himmel stieß.

Das Mädchen würde den Frühling erleben – in einem doppelten Sinn würde es ihn erleben. Das Aufbrechen der Weidenflächen in den Beresinasümpfen wird es wieder sehen, und die Studentin wird wieder im Hörsaal sitzen, in dem die Feldbetten jetzt noch so eng standen, dass kaum ein Gang geblieben war zwischen den grauen, stinkenden Decken.

Dieses Ende war auch den Offizieren, die mit mir in der Stube lagen, klar. Keiner sprach mehr vom Siegen. Natürlich sprach auch keiner vom Verlieren. Das Erste war nicht mehr denkbar und das andere war nicht vorstellbar für uns. Aber für das Mädchen neben mir war dies Ende vorstellbar. Es war das Einzige überhaupt, was für sie vorstellbar war und wovon sie lebte. Ich war nicht so töricht, dass ich glaubte, eine russische Studentin sympathisiere mit einem deutschen Offizier. Was aber mochte sie zu diesem kleinen, beinahe rührenden Brief bewogen haben? Mein Erstaunen über ihr Verhalten drängte mich, sie zu fragen.

Wir waren ein Stück schweigend gegangen, mussten sehr auf den Weg, in dem Regenpfütze neben Regenpfütze im Schein ihrer Taschenlampe glänzte, achten. Dann sagte sie: «In den Sommern, wo noch kein Krieg war, haben wir viel in der Beresina gebadet. Von einer Brücke zur anderen haben wir geschwommen, wer immer am schnellsten war. Ich schwimme gern und auch gut. Ich möchte wieder Sommer mit Schwimmen haben.»

«Ja», sagte ich. «Ich möchte das auch.»

Ich muss zurückgehen, dachte ich.

Das Mädchen hatte sich in meinen Arm gehängt. So schützte uns beide der Schirm. Meine Augen hatten sich an das Dunkel gewöhnt. Ich versuchte, mir Einzelheiten des Weges einzuprägen. Nach der Kirche hatte es nur noch zwei Abzweigungen gegeben. Das beruhigte mich. Mein Orientierungssinn in Städten war mangelhaft. Mich bedrückte unser Schweigen.

Ich sagte: «Hier sind schlechte Straßen.»

Sie erwiderte nach kurzem Zögern: «Unser Land ist sehr groß.»

Später fragte sie, ob ich über ihren Brief gelacht hätte.

«Nein», sagte ich, «ich war überrascht. Ich habe mich gefreut.» Und dann fuhr ich fort: «Weshalb lassen Sie mich mit Ihnen gehen?»

«Ja, Sie sind ein Feind. Aber ich sehe Sie laufen auf dem Gartenweg, wenn ich am Fenster alte Binden rolle. Sie gehen vor und zurück im Schnee an dem hohen Zaun. Ich sehe auch, wenn Sie dort Ihren Mund bewegen. Meine Freundin hat gelacht, wie sie es gesehen hat. Aber es sah nicht aus, dass ich lachen musste. Nicht wahr, Sie reden Gedichte?»

Ich blieb stehen und betrachtete sie kopfschüttelnd, so gut es unter dem Schirm möglich war.

Woher weiß Wera, dass ich Gedichte spreche? «Ja, es stimmt! Und oft wiederhole ich mir immer dieselben Verse. Hören Sie.» Sehr langsam und ziemlich leise sprach ich ihr die letzte Strophe aus «Hyperions Schicksalslied» vor.

«Ich verstehe», sagte sie. «Ich verstehe nicht alles, mein Deutsch ist schlecht. Aber ich verstehe. Jessenins Gedichte könnten Ihnen gefallen. Hier wohne ich.» Sie blieb stehen.

Hinter einem dichten Bretterzaun erkannte ich ein niedriges Dach. Am Umfang der Linden gemessen, deren Äste sich über dem Tor schlossen, musste das Anwesen alt sein.

Sie nahm mir den Schirm ab und schloss ihn. Ich sah nur ihr helles Gesicht. Ich wollte ihr die Hand geben. Sie nahm meinen Arm, legte ihn auf ihre Schulter und gab mir, so ungeziert, wie sie sprach, und so leicht, wie ihre Schrift war, einen Kuss. Ich wollte sie halten. Da schob sie meinen Arm zurück, flüsterte: «Sie sind gut», und hatte schon die Tür geöffnet.

«Darf ich morgen wieder mit Ihnen gehen?»

«Wenn nicht der Weg zu schwer ist für Sie?»

Auf dem Rückweg kamen mir erneut die alten Bedenken. Es war für Soldaten verboten, nach Einbruch der Dunkelheit allein unterwegs zu sein. Und ich lief hier durch die Vorortgassen einer Stadt. Bei diesem Überlegen öffnete ich den Verschluss der Pistolentasche und kam mir zugleich sehr komisch vor. Ungeachtet der Pfützen hastete ich, so gut es meine Beinverletzung zuließ, mit großen Schritten vorwärts. Der Anblick der Kirche stimmte mich ruhiger. Von hier ab fand ich mich leicht zurecht, und der noch eben gefasste Entschluss, am folgenden Abend nicht zu warten, wankte beträchtlich. –

Von Abend zu Abend maß ich nun die Tage.

Wenn es nicht regnete, bogen wir am Kirchplatz ab und gingen am Fluss entlang auf Umwegen zu ihrem Haus. Ich erzählte ihr, wie sehr mich die unberührte Sumpflandschaft anzöge.

«Ja», sagte sie, «ansehen macht nicht entzwei.» Dabei gab sie mir zum Zeichen ihrer Freude, dass ich wie sie empfände, einen ihrer flüchtigen Küsse, die ich in weniger flüchtige umzuwandeln versuchte. «Kleiner Spitzbube», sagte sie, wenn es mir gelang. Es war das Einzige, was sie nicht deutsch sagte, und es klang reizend, wie sie es sagte.

Ich erwartete, sie würde irgendwann deutlicher vom Kriege sprechen, von dem, was in ihrem Lande geschah. Aber über Bemerkungen wie: sie habe von ihrem Vater zwei Jahre nichts gehört, kam es nicht hinaus. Was auch hätte sie sagen sollen? Ich war überzeugt, dass sie über den Vormarsch ihrer Armeen Bescheid wusste. Mit ihrem Schweigen beantwortete sie mein Schweigen.

An einem nebligen Abend hieß sie mich im Dunkeln am Gartentor warten. Sie kam zurück. Ich hörte ihre Schritte auf den Steinplatten des Hofweges. «Vorsichtig», sagte sie und legte mir einen kleinen Zweig in die Hand. Als ich allein war, brannte ich ein Streichholz an. Ich sah den Blütenzweig einer Kaktee. Der dreistufige rotviolette Kelch ließ mich vergessen, auf dem Rückweg die Hand am Pistolengriff zu halten. Ich fühlte, dass ich lebte, und war überrascht, wie selten man das eigentlich merkt.

Ich lebte wie außerhalb allen Geschehens. Ich ließ mir diese Stunden gefallen. Sie gefielen der Liebe. Es ist manchmal nur wenig, was der Liebe gefällt. –

Täglich musste ich mit der Entlassung zur Fronttruppe rechnen. Gern hätte ich mein Verbleiben im Lazarett hinausgezögert. Doch bei günstigem Wetter war schon die Front zu hören, und ich fürchtete die Eingliederung in eine wild zusammengewürfelte Stadtverteidigungseinheit. –

Ich wollte es verschweigen, doch sie fragte mich, und ich sagte: «Morgen früh.» Dann liefen wir ohne ein Wort bis an ihr Haus. Der Stamm, an dem der Regen rann, glänzte in der Finsternis.

«Morgen», sagte sie, «morgen sollten wir in das Haus zu meiner Freundin kommen. Lilja hat ein Grammophon.»

Ich suchte ihre Wärme unter dem nassen Mantel. Später nahm sie meine Hand von ihrem klopfenden Herzen. Sie suchte in ihrer Tasche und schnitt sich mit der Schere eine Haarsträhne aus der Stirn. Dann riss sie aus dem Ärmel ihres roten Pullovers einen Faden, band ihn um das Haar, gab mir das und trat in das Tor. Und wie an den Abenden zuvor wagte ich nicht, sie zurückzuhalten.

WINTER

Halte dich an mich

Als wir im Mai 1945 gesammelt und in langen Lastwagenkolonnen in ein großes Lager gebracht wurden, begann manchem, der noch der Meinung gewesen war, ein sinnloses Ende zu erleben, das Begreifen zu kommen, dass dieses Ende der Anfang und die Rettung war.

Die meisten waren zuversichtlich, bald entlassen zu werden. Als jedoch die Tage wie rieselnder Sand sich zu Wochen häuften, wurde bei vielen dieses Hoffen verschüttet. Die erste Zeit standen wir, so nahe es erlaubt war, am Zaun, und dahinter blühten die Pfingstrosen. Die Menschen gruben in ihren Schrebergärten. Später wehte der Wind Schwaden von Korngeruch durch das Lager, in dem Männer, deren Zahl zur Bevölkerung einer mittleren Stadt ausgereicht hätte, sich in ihren mit den Händen gegrabenen Löchern vor der Glut der endlosen Tage und vor den kalten Nächten zu schützen suchten. Wer noch Zigaretten hatte, rauchte sie, so heimlich es ging, wenn er rücksichtsvoll war. Aber verhindern konnte er nicht, dass der gierigen Blicke aus den Nachbarlöchern ständig mehr wurden. In einem waren wir schon alle gleichgestellt: im Durst. Dann folgte der Hunger.

Während die Erntewagen fuhren, rollten wir in offenen Güterzügen durch das Neckartal in ein neues Lager, in dem es Zelte gab. Die Gesichter im Waggon waren mir fremd. Aber auch unter solchen niederdrückenden Zwangsgemeinschaften tauchten immer wieder Gesichter auf, die naherückten. Ich kam ins Gespräch mit einem Älteren, der neben mir stand. Er hieß Konrad und hatte ein fast viereckiges Gesicht. Da mir seine Augen gefielen, störte mich bald nicht mehr, dass er in regelmäßigem Abstand die Luft durch die etwas vorstehenden Zähne zog. Auch war er mir angenehm, weil er fast so ruhig war wie ich, und nicht zuletzt wohl darum, weil er seinem Alter nach mein Vater hätte sein können.

Aus dem wenigen, das er während der vielstündigen Fahrt sprach, erfuhr ich, dass er im Zivilberuf Postangestellter war und in einer Feldpoststelle Dienst getan hatte. Er hatte spät geheiratet, und es wirkte auf mich, der ich noch sehr jung war, etwas komisch, wie er in einer für sein Alter ungewöhnlichen Hingabe vom Glück seiner Ehe sprach. Seinen dreijährigen Sohn hatte er nur kurz nach der Geburt gesehen. Am Ende der Fahrt sagte er: «Im letzten Lager sind die Pfingstrosen verblüht, im nächsten werden die Christrosen verblühen. Aber halte dich nur an mich, wir werden es schon schaffen.» Er sprach sehr leise, fast flüsternd, und seine Stimme klang heiser; Folge einer Halsverletzung aus dem Ersten Weltkrieg.

Als wir zum Marsch in das Lager antraten, spielte er seine väterliche Rolle so vortrefflich, dass ich gar nicht dazu kam, mich nach ihm umzusehen. Er war immer da, schob mich und hielt mich und rief mich, bis wir unter einem der vielen Dachzelte standen, die Reihe neben Reihe an einem Hang errichtet waren. Das Zelt hatte einen schmalen Laufgang, zu beiden Seiten lagen je zwanzig Mann auf frischem Klee, auf dessen dünner Schicht man wie auf dem Erdboden schlief. Doch der Geruch war in den ersten Tagen eine gute Hilfe, in den Schlaf zu sinken und allein zu sein, sehr weit fort.

Die ersten Fröste waren gekommen und die Kälte erwies sich als eine gute Verbündete für den Hunger. Wir schliefen zu dritt unter den Decken. Es war so eng, dass wir uns nur gemeinsam drehen konnten, aber wir froren wenigstens nicht. Dennoch bedrückte es mich oft. Sich in äußerer Raumnot genügend inneren Raum zu schaffen, vermögen nur wenige.

Im Laufe der Monate war Konrad immer stiller geworden. Ich hatte das Gefühl, dass er die meiste Zeit vor sich hin träumte. Seine gleichbleibende Sanftmut begann mich zu stören. Ich stieß mich daran, wenn ich niedergeschlagen war und er mich aufmuntern wollte. Brauste ich zuweilen auf, so strich er mir über das Gesicht, sah mich an und sagte nichts. Das ärgerte mich noch mehr. Ich wollte nicht wie ein Kind behandelt werden. Ich zog mich zurück und dämmerte vor mich hin, und je winterlicher es wurde, umso schmerzlicher quälten mich die Gedanken an zu Hause. Ich sah die Fichten verschneit und die runden Buchsbäume vor dem Haus und hörte den Buntspecht klopfen an der

Hoftoreiche und schlug mir an der Treppe den Schnee von den Schuhen; und dann trat ich in die Wohnstube, der Hund streckte sich am Ofen und erhob sich mit gekrümmtem Rücken und kam langsam auf mich zu. Die Vorstellung vom Augenblick des Schneeabschlagens am eisernen Geländer bis zum Eintritt in die warme Stube konnte ich in ständiger Wiederholung so stark erleben, dass mein Lebendigsein mir dort zu sein schien, wo der Körper nicht war. Umso ernüchternder wurde aber dann das Erwachen, wenn, noch in der Finsternis des Morgens, bei Kerzenschein die Frühsuppe ausgeteilt wurde und die Zeltdecke innen dick überzogen war mit glitzerndem Reif. Mittags gab es noch einmal Suppe und am Abend wurde das Brot ausgegeben. Die meisten zerteilten es in viele kleine Scheiben, andere verschlangen es in einem Stücke, wieder andere hoben sich immer etwas auf, um eine Reserve zu haben.

An einem dieser Tage im Dezember wurden einige Freiwillige für eine Arbeit außerhalb des Lagers gesucht. Konrad meldete sich sofort. Er wollte mich überreden, mitzukommen, aber ich blieb. Mein Gereiztsein ihm gegenüber war so weit gediehen, dass ich dachte: Er hofft ja nur, sich irgendeinen Vorteil zu verschaffen. Als sie zurückkamen, war es dunkel. Konrad kniete sich auf seinen Platz neben mir, sah mich an wie Nikolaus und Weihnachtsmann in einem, öffnete behutsam den Mantel und drückte mir einen Fichtenzweig in die Hand.

«So, nun feiern wir Advent», sagte er, «fast wie zu Hause.» Das war ohne jede Ironie gesagt. Mich rührte diese Geste, ich bedankte mich und sagte mehr für mich: «Schön ist das.» Während Konrad sich auf seinen Platz setzte, meinte er: «Halte ein Stück in die Kerze, das riecht gut.» Ich tat es, und die Tränen waren mir selten so nahe gewesen wie in diesem Augenblick, als der Geruch der verknisternden Nadeln in meine Nase zog. Da bemerkte ich, wie Konrad unruhig in seinen Sachen wühlte und dabei den Kopf schüttelte und mit seiner heiseren Stimme flüsterte: «Das ist unmöglich, einfach ausgeschlossen.» Auf meine Frage nach dem Grund seines nervösen Suchens in den wenigen Habseligkeiten, das umso mehr auffiel, als es ein völlig neuer Zug seines Wesens war, schwieg er und sah mich nur an. Ich wusste nicht, ob das Traurigkeit war in seinen Augen oder Entsetzen über etwas Ungeheuerliches. Jedenfalls erschrak ich vor diesen Augen, die ich nur in ruhiger Sicherheit kannte. Dann setzte er sich wieder neben mich und starrte mit angezogenen Beinen vor sich hin.

Eine Weile sah ich ihn an, dann fragte ich nochmals. Diesmal beugte er sich nahe zu mir und raunte mir fast ins Ohr: «Sage nichts, aber mein Brot ist weg, das ich mir aufgehoben hatte.» Ich wusste nicht, was sich zuerst in mir regte. Am meisten tat er mir wohl leid, wie er so neben mir saß, obgleich mir immer unbegreiflich war, wie man sich von dieser Ration noch etwas zurücklegen konnte. Zugleich aber überkam mich ein leises Grauen. Das war der erste Diebstahl, den ich so unmittelbar hinter dem Stacheldraht erlebte, und am unbegreiflichsten schien mir, dass so etwas in dieser Zeit geschehen konnte, in dieser vorweihnachtlichen Zeit. Maßloser Zorn stieg in mir auf und mit ihm der Gedanke: Jetzt kannst du ihm helfen. Aber, als hätte er meine Gedanken erraten, beschwor er mich noch einmal mit seiner leisen Stimme: «Halte den Mund, sage nichts.» Ich antwortete: «Nein», aber ich bemerkte sogleich den doppelten Sinn dieses Neins, und da wusste ich, dass ich es sagen würde.

Ich wartete, bis Konrad das Zelt für eine Zeit lang verlassen hatte. Dann ging ich zum Zeltältesten, erzählte ihm den Vorfall und deutete auch meine Vermutung an. Ich bat ihn, mit dem Bestohlenen nicht davon zu reden, weil ich unsere Freundschaft nicht aufs Spiel setzen wollte, die mir plötzlich wieder sehr wichtig war. Später beobachtete ich, wie der Zeltälteste mit einem sprach, der uns gegenüber seinen Platz hatte, und wie der den Kopf schüttelte, wie dann ein anderer uns schräg gegenüber sehr interessiert tat und wie sie dann länger miteinander tuschelten. Mir war nicht sehr wohl in meiner Haut. Ich legte mich früher als gewöhnlich hin, gleich nach dem Abendappell auf der Zeltstraße, rollte mich allein in meine Decke und sagte etwas von Kopfschmerzen.

Ich erwachte von einem furchtbaren Geschrei. Zwischendurch hörte ich die heisere Stimme von Konrad: «Was ist denn los? Seid ihr verrückt geworden?» Ich wusste, was los war. Ein Schütteln durchlief meinen Körper, dass ich des Zitterns nicht Herr werden konnte. Das war die Justiz der Gefangenen, die ich später noch des Öfteren erlebte. Aber nie wieder habe ich dazu beigetragen. Ich weiß nicht, wie lange sie noch auf den Jungen eingeschlagen hätten, wenn Konrad sich nicht dazwischengeworfen und mit überstürzender und immer brüchiger werdender Stimme Einhalt geboten hätte.

Die erregten Sachwalter des Prügelrechtes ließen mit Schimpfworten von ihrem Opfer ab. «Erschlagen müsste man dich, du Lump, Kameraden bestehlen, pfui Teufel!» Das ganze Zelt war wach, die verschlafenen Gesichter sahen schräg aus den Decken, die Stimmen schwirrten durcheinander, Rufe nach Ruhe wurden laut. Konrad verschaffte sich mühsam Gehör: «Legt euch hin und schlaft. Ich mache das mit dem allein ab.» Langsam wurde es wieder still. Nur das leise Schluchzen des Geprügelten hörte ich noch eine ganze Zeit, bis er sich in den Schlaf geweint zu haben schien. Er war der übernächste Nachbar von Konrad.

Konrad sagte kein Wort zu mir. Ich fürchtete mich vor dem Morgen. Er konnte doch nicht stillschweigend und ohne Vorwurf darüber hinweggehen, er wusste doch, dass alles nur von mir ausgegangen sein musste. Schlaflos lag ich da, allein unter meiner Decke. Da wendete er sich mir zu: «Du frierst doch. Wir wollen die Decken übereinanderlegen.» Und noch ehe ich etwas entgegnen konnte, fuhr er fort: «Halte dich nur an mich.»

Am anderen Morgen war es wie immer. Nur der Junge neben Konrad lag auf seinem Platz, von allen unbeachtet. Sein Kindergesicht schien noch kleiner geworden über Nacht. Als abends bei Kerzenlicht das Brot ausgegeben wurde, sah ich, wie Konrad seinen Kanten in zwei Hälften teilte, die eine Hälfte dem Jungen auf die Decke schob und auf dessen entsetzte Augen hin sagte: «Es ist gut, iss.»

Im schneidenden Harsch

Als Junge las ich in einer Jägerzeitung die Geschichte von einem Förster im Gebirge, der den Weihnachtsabend bei einer Wildfütterung zubrachte. Jede Möglichkeit war darin bedacht, die empfindsamsten Stellen des Gemütes zu bewegen. Schon auf dem Wege konnte der Förster an keiner jungen Fichte vorübergehen, ohne sie mit seinem Stock von den Schneebergen zu befreien. Die hirschkopfverzierte Hängepfeife stieß beim Anstieg durch meterhohen Schnee Rauchwolken aus, in denen Flocken schmolzen. Selbst Wilddiebe dienten als willkommenes Requisit. Die stellten den Hirschen an der Fütterung nach. Und beim Klang der Glocken durch die rieselnde Dämmerung nahm der alte Nimrod vorsichtig im Anblick der Tiere den Hut vom Kopf und gedachte reuig der hundert in seinem Jägerleben zur Strecke gebrachten Hirsche.

Seitdem sind einige Jahrzehnte vergangen. Was mich noch daran denken lässt, ist die Schilderung der Rotwildrudel, die, vom Leittier angeführt, in langen Reihen den Hang heruntergezogen kamen. Die Menschenwitterung an den Raufen ängstigte sie nicht. Die Fütterung war der einzige Ort, an dem noch ein Schimmer jenes Zustandes zu walten schien, der die Furcht nicht kannte. Vierzig, fünfzig Stück Rotwild, Kälber und Schmaltiere, Alttiere und alle überragend die dunkleren Hirsche mit tiefbraunen Mähnen und ausladenden Geweihen ästen trotz ihres Hungers bedächtig an den Krippen oder standen auf dem freigeschaufelten Platz herum. Der Sinn für jene allzu romantische Försterweihnacht ging mit den Kinderschuhen dahin. Geblieben ist der Wunsch, einmal den Anblick eines solchen Rotwildrudels an einer Fütterung im Gebirge zu erleben.

Hirsche sind selten in den Heidewäldern, die ich kenne. Doch es gibt genug «seufzende Kreaturen», die sich in der Zeit des verharschten Schnees menschliche Hilfe gefallen lassen, wenn auch bei Weitem nicht so vertraut wie das durch Jahre an die festen Futterplätze gewöhnte Rotwild, dem der strenge Gebirgswinter und der Mangel an natürlicher Äsung zu schaffen macht. Schwere Schäden an Fichtenbeständen können eintreten, wenn das darbende Rotwild die Rinde mit den Schneidezähnen schält.

Schön ist es, fängt der Tag mit lastendem Himmel an, aus dem es in der zunehmenden Mittagswärme zu bröckeln beginnt. Großer Vorbereitungen bedarf es nicht. Futterringe in den Joppentaschen, einen Sack auf dem Handschlitten mit Kastanien und Eicheln, einen zweiten voll Körnergemisch und ein Gebund Heu oder Haferstroh. Dazu einen abgefegten Rutenbesen, den sich die Kinder schon versteckt hatten zum Besenkreisen am Hexenabend.

Es ist immer der gleiche Weg, den ich gehe. Ein Stück querfeldein, um den Wald früher zu erreichen. Die Füße brechen ein, die Schlittenkufen kratzen über den Harsch. Weit entfernt schlagen Rehe den Winterroggen frei und äsen die gefrorenen Spitzen.

Eine gerade Schneise mit zwei Wagenspuren, an den Dickungsrändern und in der Mitte mit Heidekraut bewachsen, nimmt mich auf. Fährten und Spuren kreuzen den Weg. Ich komme an die Stellen, wo die Rehe mit ihren Läufen das Heidekraut freigeplätzt haben, die einzige sichere Nahrung, die ihnen während des Winters bleibt. Verhungern können sie also nicht. Doch ist eine andere Gefahr groß bei anhaltender Kälte und hartem Schnee. Da sehe ich auch in einigen Trittsiegeln blassrote Flecken. Das kommt von dem schneidenden Harsch. Die Läufe werden wund. Nicht selten geschieht es, dass Rehe, unfähig, mit den verletzten Läufen die Heide freizuschlagen oder auch nur umherzuziehen, in ihren Lagern sitzen bleiben. Die Kälte frisst sich in die Wundstellen, greift den Körper an. Die Tiere verenden oder werden von herumstreunenden Hunden zu Tode gehetzt.

Ich hole den Besen vom Schlitten und fege die Heide frei. Die Stiefel helfen nach. Dazwischen streue ich Eicheln und Kastanien. Das Rehwild nimmt sie lieber in gewohnter Weise vom Boden als aus den Kästen der Fütterungen.

Wo die Schneise nach Süden abbiegt, wo im März die ersten feuchten Bodenstellen zu finden sind, hänge ich die Meisenringe an junge Birkenäste. Nahe am Stamm sollen sie hängen, dass sie nicht abgleiten können von den geneigten Zweigen, aber noch so entfernt, dass sie frei schwingen. Nach wenigen Tagen werden nur noch die Papphüllen im Wind wehen. Vögel, die nie an Futterhäuser finden, lockt bald der Fremdkörper an der feinastigen Birke. Kohlmeisen und Weidenmeisen, Kleiber und Buntspechte finden sich ein. Die verträglichen Meisen zirren. Ungesellig sind die Buchfinkenmännchen. Ihre Weibchen sind mit den Jungvögeln nach Portugal geflogen. Sonst sorgten sie gewiss für einen sanfteren Ton!

Das Stroh binde ich im Hochwald um Bäume und fege den Stammfuß frei. Die Rehe nehmen diese Fütterung nur im äußersten Notfall an. Ich habe es kaum festgestellt. Dennoch hat es etwas Wohltuendes, im Schnee mit dem weichen Stroh umzugehen, als könnte man ein Stück Wärme schaffen im Wald. Vielleicht übernachten Hasen darin, Mäuse gewiss.

Den mir liebsten Futterplatz hebe ich mir für zuletzt auf. Er liegt in einem Bestand hoher Fichten am Teichrand. Ein Vorübergehender sieht nichts weiter als einen großen, flachen Reisighaufen. Beim Nähertreten jedoch erkennt man, dass die Äste ein niedriges Dach bilden, von kurzen Pfählen getragen. Hier werden unter ihren Schlafbäumen die Fasanen gefüttert. Vorsichtig gehe ich näher. Fasanen haben ein gutes Gehör. Doch bin ich schon entdeckt. Durch Faulbaumbüsche und Brombeergestrüpp laufen sie geduckt davon. Zwei Hähne sind darunter. Rot leuchtet der Kreis um die Augen der schillernd bunten Hähne mit ihrem langen Spiel, den schön gezeichneten Schwanzfedern, die wir als Jungen an den Seppelhüten trugen. Der Fasan streift gern weit umher. Regelmäßige, in stillen Remisen angelegte Fütterungen aber können ihn sesshaft machen. Ich streue die mit Spreu vermischten Körner über den trockenen Nadelboden unter dem Reisigberg. Und nun ist der Schlitten leer. Ich setze mich darauf. Wenn ein Berg hier wäre, würde ich jetzt hinunterrodeln. Aber es gibt keinen. So ziehe ich den Schlitten auf den nun dunklen Wegen nach Hause.

Ich habe das Wild gefüttert. Für die Tiere war es eine Hilfe, für mich ein schöner Gang durch den Winter. Doch war ich mit der

Natur so wenig eins dabei, wie die Tiere mir dankbar sein können. Von Stimmungen darf man nicht zu viel verlangen. Sich freuen an ihnen und sie und sich zugleich belächeln können, das gibt das Wesentliche frei. Es kann ein Weg zur Liebe sein.

Die seltsame Angst des Sepp Wolf

Wenn ich an das Ende des Folgenden denke, könnte ich auf ähnliche Überlegungen kommen wie Sepp Wolf, als er mir – und ich bin sicher, dass ich der Einzige bin, der es aus seinem Munde gehört hat – den Grund seiner Versetzung in unsere Einheit erzählte. Aber was berechtigt mich zu meinen, dass mir sein Bericht zugedacht war? –

Wir hatten zu zweit im Wald hinter der Stellung in der Nacht vor Weihnachten eine kleine Fichte abgeschnitten, richtig mit dem Taschenmesser abgeschnitten, immer im Kreis herum eingekerbt, bis sie sich abbrechen ließ. Die Kälte war erträglich.

«Wir rauchen noch eine», sagte Sepp. «Hast du welche einstecken? Der Alte weiß viel, wie lange das dauert, einen Baum aussuchen.»

Vorsichtig klemmte ich die Fichte unter den Arm. Ihre Äste waren gefroren. Wir stiefelten in das Innere des Waldes, scharrten den Schnee von einem Wurzelfuß, Sepp brach Zweige ab, darauf setzten wir uns, halb an den Stamm und halb gegeneinander gelehnt. Ich gab ihm Feuer.

«Diese Stille», sagte ich, «anders als die Ruhe vorn.»

Es hätte mich nicht gewundert, wenn zwischen den Stämmen ein verlassenes Waldarbeiterfeuer aufgeflackert wäre. Aber es brannte keins. Es brach kein Ast. Kein Wild war zu hören. Kein Schnee klatschte von einem Baum. Es war so still, dass man das Knistern des Zigarettenpapiers hörte.

«Es war ein Mädchen, nein, kein Mädchen, eine Frau. Sieh mich nicht an, als könnte es bei mir überhaupt nichts anders sein. Das wird jetzt bald ein Jahr. Ihr hattet euch mal wieder abgesetzt und wir mussten auch zurück. Als wir in das Dorf kamen, waren kaum Zivilisten zu sehen. Die hockten in den Kartoffelbunkern. Dort saßen sie in der Wärme bei ihren Kapustafässern, Kartoffeln und Mohrrüben an der Quelle. Der Befehl lautete: Alle Zivilisten am nächsten Tag zurück. Was weiß ich, warum, wegen der Ernährung vielleicht. Nur die Männer könnten bleiben oder mussten bleiben. Die wurden eine Zada, eine zivile Arbeitsdienstabteilung, und kamen in Finnenzelte mit Stacheldraht drum herum.

Aber die Frauen und Kinder mussten zurück, zu Fuß oder auf Panjewagen. Mein Chef, ein alter Stabsarzt, menschlich, aber genau, beauftragte mich mit der Erfassung der Leute im Südteil des Dorfes. Ich ging allein. Ich bin immer gern allein gegangen. Sechs solcher Erdbunker stellte ich fest. An manchen Stellen war das spitze Strohdach trotz der erbärmlichen Kälte abgetaut, ein Zeichen, dass Menschen drin waren. Ich dachte nicht, dass ich lebend wieder herauskommen würde. Die Luft war, wie wenn meine Mutter Quark durchschnitt – war er gut, blieben beide Hälften stehen.

Im ersten Kartoffelkeller hockten an die zwanzig Menschen bei selbst gemachten Talglichten, hockten einfach da. Das Einzige, was sie taten, schien Schlafen, Essen und Warten zu sein. Und außerdem war es warm, Mensch, war das warm. Ich sagte nichts. Ich zählte und ging hinaus. Später meldete ich dem Chef die Zahl der Menschen, die sich in den Bunkern verkrochen hatten, genauer zwei Zahlen, die Männer und dann die Frauen mit den Kindern. Am nächsten Morgen wurde ich wieder geschickt. Da musste ich feststellen, wer unbedingt gefahren werden musste. Als Sani fiel mir das ja nicht schwer. Die Leute, obwohl ihnen bestimmt keiner was gesagt hatte, wussten bereits, dass sie zurück sollten. Sie baten, ob sie bleiben könnten. Ich sagte: ‹Bald hier Krieg, alles kaputt.›

‹Egal, ich hierbleiben›, sagte ein Alter, ‹Krieg überall.›

Ich sagte: ‹Nix› und schrieb auf, wer nicht gehen konnte.

Am Ende des Dorfes, in einem Bunker, er stand verdeckt vom Haus im Garten unter krüppligen Sauerkirschen, saß auf einem Eisenbettgestell neben anderen Frauen eine, die war schwanger.

Ich hatte es erst gar nicht gesehen bei den weiten dicken Sachen, die alle anhatten. Aber ein Mann, der wohl ihr Vater oder Großvater sein mochte, erklärte es mir mit einer Handbewegung, die nicht zu missdeuten war.

‹Cholodno›, sagte er, ‹kalt, nicht gut.›

Er sah mich an, als wollte er prüfen, ob es Sinn hätte, weiter mit mir darüber zu verhandeln. Dann fügte er hinzu: ‹Malinki skoro, bald kommen. Saftra?› Dabei spreizte er die Hände aus den angewinkelten Armen zum Zeichen, dass er es so genau natürlich nicht wissen könne. –

Ich muss dir gestehen», unterbrach Sepp sein Erzählen, «dass ich nie ein Held gewesen bin und es mir immer schwer gefallen ist, selber eine Entscheidung zu treffen, zumal, wenn sie gegen eine Anweisung verstieß.»

Hätte er mir das in einem anderen Zusammenhang gesagt, hätte ich eine Zwischenbemerkung nicht unterdrücken können. Die diversen Geschichten aus seinem Leben, mit denen Sepp schier unerschöpflich den Kompanietrupp unterhalten und daran erinnern konnte, dass es außer dem Erdbunkervegetieren noch reizvollere Möglichkeiten zu leben gab, hätte Anlass genug dazu geboten. So aber schwieg ich.

«Gib mir noch ein Stäbchen.» Ich drückte ihm die Schachtel in die Hand, die er sich in die Manteltasche steckte.

«Dem Chef melden? – überlegte ich. Ich wusste, es war mit ihm zu reden. Aber er war auch Soldat. Er verlangte strikte Ausführung seiner Befehle. Ihm wäre auch nie in den Sinn gekommen, einen Befehl nicht zu befolgen. Davon, dass die Frau mit weg musste, wäre er nicht abgegangen. Er hätte ihr Decken aus dem Kompaniebestand bewilligt. Aber auf den offenen, rumpligen Panjewagen? Schlitten gab es nicht. Die waren für Munitionstransporte eingesetzt.

Du wirst lachen, aber da habe ich zum ersten Mal im Krieg richtige Angst gehabt. Seit ich bei euch bin, kann ich nicht mehr zählen, wie oft ich Angst gehabt habe. Es war nicht nur Angst davor, dass es rauskommen könnte, wenn ich die Frau in dem Keller ließe, auch nicht vor dem Kind, wenn das käme, obgleich ich noch nie erlebt hatte, wenn ein Kind kommt. Ich fürchtete mich vor etwas, das mir neu war. Ich glaube, ich fürchtete mich vor mir selber und unterlag einem Zwang, der den Befehl des Chefs aufhob. Sooft ich mir auch sagte, der Stabsarzt würde die Frau in fünf Decken eingepackt auf einem Wagen nach hinten bringen lassen, und damit wäre es genug, das andere war stärker.

Kurz und gut, ich verließ das muffige Loch und meldete dem Chef die Zahl der Leute, die gefahren werden mussten. Ich meldete wieder die Zahl vom Tage zuvor, obgleich ich inzwischen in einem Bunker mindestens drei Kinder mehr entdeckt hatte.

Am selben Nachmittag wurden die Männer in die Finnenzelte einquartiert. Die waren stabil und gegen Kälte einigermaßen geschützt. In diesem Lager wurden für die Pioniere spanische Reiter und ähnliches Zeug gebaut. Aber die Frauen und Kinder – na ja, wir mussten schließlich auch von zu Hause weg. Trotzdem. Jedenfalls hatte auch die Zahl der Männer nicht gestimmt, es waren zwei mehr, obgleich einer nicht dabei war. Ich hielt es, wenn es nicht so feierlich klingen würde, für ein Zeichen. Und plötzlich hatte ich keine Angst mehr.»

Sepp sah mich an. «Wie lange sind wir denn schon hier?» Ich schob meinen Handschuh zurück, ich erkannte die Zeiger auch ohne ihr mattgrünes Leuchten, so hell war es.

«Zwanzig Minuten und der Weg.»

«Pfeif», und er nahm einen tiefen Zug aus der dritten Zigarette. «Wir bleiben noch. Es soll schließlich ein schöner Baum sein. Unter hundert haben wir den schönsten Baum ausgesucht, werde ich sagen. –

Am nächsten Morgen fand der Abtransport der Frauen statt. Den hättest du sehen müssen. Die Frauen und die Kinder und die Wagen in dem Schnee. Manche hatten Lappen um die Füße gewickelt. Auf den Rücken hingen Säcke mit dem Allernötigsten. Ein paar Frauen hatten auch kleine Kinder im Tuch auf dem Rücken. Überhaupt – die Kinder. Zum Ausspucken ist der Krieg. Noch nach einer Stunde sah ich sie ziehen. Rechts und links und vor ihnen nichts als Schnee. Das wünsche ich keinem bei uns daheim. –

Es war gar nicht einfach, jeden Abend ungesehen zu ihr zu kommen. Alle Häuser waren von uns belegt. Immer habe ich etwas mitgenommen. Eine Decke, ein Paket Kunsthonig, ein Unterhemd für Windeln, die Feldflasche voll Tee, Kommissbrot, was man eben mitnehmen konnte. Und für den Alten Baldrian. Der trank so gerne Baldrian. Die Augen von dem, wenn der die kleine Flasche in den Bart kippte, die waren ganz zu.

Weißt du, diese Abendgänge auf dem harten Schnee am letzten Haus vorbei und noch ein Stück hinaus und im Bogen durch den gefrorenen Graben zurück in den Bunker waren merkwürdig. Als wäre ich gar nicht ich, kam ich mir vor. Und eines Abends war es so weit. Das heißt, es war schon vorbei. Ein Junge. Sie lag da mit langen, hochgebundenen Haaren. Sie ließ das Kind an ihrer Brust, als ich kam. Ich war froh, dass es schon vorbei war. Davor hatte ich mich noch immer ein bisschen gefürchtet. Ich ging gleich wieder weg und holte ein Paket Watte und so Verschiedenes, was mir nun erst einfiel und von dem ich dachte, dass sie es brauchen könnte. Sie war übrigens ein hübsches Weib. Das fiel mir erst an diesem Abend auf. Ich tat es natürlich nicht, doch mir war wie Niederknien. Fehlen noch ein Esel und eine Kuh oder wenigstens eine Ziege, musste ich denken. Nur Ratten waren da. Sieben Stück habe ich geschossen mit der Nullacht. Ich hatte einen Lappen drumgewickelt als Schalldämpfer. Ratten fallen Kinder an, steht in Büchern.

Nun bist du Hirten und Drei Könige, alles in einem, nur merken darf es keiner. Hoffentlich geht's gut, dachte ich. Der Alte wollte mir etwas begreiflich machen. Ich verstand ihn nicht. Später hörte ich, dass die hier Weihnachten im Januar feiern. Es war Januar. Ich glaube, das hat er gemeint. Jedenfalls hat er mir die Hände gedrückt und geschüttelt, und ich habe ‹karosch› gesagt.

Ich war nahe dran, nach dem Vater zu fragen. Wo Pan? Aber ich ließ es. Ihr Mann kämpfte vielleicht bei den Partisanen. Er mochte Gelegenheit gefunden haben, sie in der Nacht zu besuchen.

Für mich jedenfalls war es recht absonderlich, dieses Erlebnis. Ich kann es nicht vergessen. Da hatte ich nun dieser Frau Ruhe verschaffen wollen in dem Kartoffelkeller, und wenn ich darüber nachdenke, kommt es mir eher vor, dass die Frau mit dem Kind und der Alte mir zur Ruhe verholfen haben. Nicht äußerlich. Innen oder wie ich es nennen soll. Ich merke nur, dass ich seitdem eine Hilfe habe. Die war mir schon wichtiger als meine Maschinenpistole. –

Du, wir müssen gehen.» Umständlich stand Sepp auf. «Sieh mal», er holte aus der Brieftasche sein Portemonnaie und öffnete es, «das Fünfkopekenstück hat mir der Alte gegeben. Das ist mehr wert als – als –», er suchte nach einem passenden Vergleich. Es mochte ihm nichts einfallen, und er fügte hinzu: «Das ist was wert, mein Lieber.»

Ich klemmte mir den Baum unter den Arm.

«Unserm Assistenzarzt war aufgefallen, dass ich jeden Abend um die gleiche Zeit nicht da war. Auf seine üblichen anzüglichen Fragen sagte ich: ‹Nee, Ratten schießen in den leeren Ställen. Außerdem bin ich gern mal für mich.› Damit war die Sache abgetan.

Doch dann hat so ein Schnüffler, der vergrabene Schätze suchte, oder was weiß ich, weshalb der überall herumkroch, die drei entdeckt und dem Stabsarzt Meldung gemacht. Der sagte erst nichts und dann: ‹Wolf, dort haben Sie doch die Zivilisten erfasst?›

Ich sagte: ‹Jawohl, und weil die eine ein Kind bekam, habe ich sie dort gelassen.›

‹So›, sagte er, und: ‹Sie kommen heute Abend um neunzehn Uhr zu mir.›

Ich war vollkommen ruhig. Und als die drei am selben Tage noch in einem Wagen, die Frau und das Kind in Decken eingepackt, abtransportiert wurden und der Alte nicht mal in die Zada musste, war mir alles egal.

‹Sie Schaf›, sagte der Stabsarzt, ‹wie konnten Sie in Gegenwart der anderen zugeben, dass Sie es gewesen sind? Hier kann ich Sie schwerlich decken.›

Beinahe hätte ich gelacht, weil er zu einem Wolf Schaf gesagt hatte. Und so bin ich dann zu euch gekommen.»

Wenige Stunden nach diesem Gespräch wurde unser Abschnitt bombardiert. Unter den Toten war Sepp Wolf.

Das Käuzchen rief

Leise glitten die Skier durch den Wald. Nur hin und wieder stieß ein Stock an einen im Schnee verborgenen Stubben. Keine Schneeballen fielen mehr von den tiefen Fichtenästen. Die Sonne ging unter und man hörte am Geräusch der Bretter, dass die Nacht kalt werden würde. Es war nicht allein die Müdigkeit der Jungen und Mädchen der kleinen Schar, dass sie nach einem Nachmittag wilden Treibens durch das wellige Land, eng zusammengeschlossen noch und doch wie jeder für sich allein, still dahinfuhren. Wenn der Wald nicht mehr in der Vielzahl der Bäume erkennbar ist, sondern Dunkel die Zwischenräume füllt, beginnt das Herz zu schlagen, so laut, dass es nicht zu überhören ist. Und dabei war es am Tag ein viel lauteres Herz gewesen – in der jagenden Abfahrt am glitzernden Hang und dem hastigen Aufstieg an der anderen Seite.

Wilfried fuhr hinter Rotraut als Letzter der Gruppe. Eigentlich hätten sie mich am Anfang fahren lassen müssen, dachte er, weil ich doch jeden Weg weiß in diesem Wald. Aber sie erkennen mich nicht an. Und er wunderte sich, dass sie ihn wieder mitgenommen hatten, und mehr noch, dass er mitfuhr, obwohl es immer das Gleiche war: Wenn ein anderer fiel bei der Abfahrt, lachten sie nicht, im Gegenteil, das war eine Bestätigung besonderen Wagemutes. Aber wenn er stürzte, und das geschah sehr oft, gebärdete sich die Schar, als hätte ein Komiker eine Sondervorstellung gegeben. Ach, er wusste ja, wie es um seine sportlichen Leistungen bestellt war. Wählten sie in der Turnstunde die Mannschaften zum Handballspiel, blieb er stets als Letzter übrig. Hilflos stand er dann als Verteidiger am Tor, und wenn der Ball in bedrohliche Nähe kam, rannte er herum, weil auch die anderen rannten. Verlor seine Mannschaft, war es seine Schuld, siegte sie, hatte er bestimmt kein Verdienst daran.

Nun liefen sie durch den dunkelnden Wald, und da merkte er, dass er immer wieder mitfahren würde, solange Rotraut mitfuhr. Er sah ihre kleine, schmale Gestalt vor sich. Sie war eine gute Sportlerin. Nur einmal war sie gestürzt an diesem Nachmittag und vorhin, als selbst die anderen Jungen mit angeberischen Worten ihr Zögern zu verbergen gesucht hatten, war sie einfach losgefahren und mit sicherer Wendung am Fuß des steilen Hanges den alten Kopfweiden am Bachufer ausgewichen. Er war hinter allen schräg zum Hang langsam nachgeschlittert. Wenn er das überdachte, hatte er ein bitteres Gefühl.

Doch die Bitterkeit saß nicht tief an diesem Abend. Es war schön. Leise dahinzugleiten und die ersten Sterne zu sehen im schmalen Himmelsstreifen über dem Weg. Und Rotraut fuhr vor ihm. Mochten die anderen die Führung übernehmen und der Bewunderung der Mädchen gewiss sein: Heute Nachmittag, als sie sich nicht wieder fassen wollten, als er den Bach überquerte und dabei hinfiel und wie ein zappelnder Fisch an den verdrehten Brettern hing, war Rotraut weitergefahren, als ginge sie das alles nichts an.

Es war so dunkel geworden, dass er nur noch die Mädchengestalt sah. Weil er ohne Mühe in der Spur der Vorderen fuhr, ließ er seine Gedanken wandern. So mit ihr durch den Schneewald fahren, ganz allein in die beginnende Nacht. Er würde sie führen, jeden Weg wüsste er. Sie würde sich ihm anvertrauen. Vielleicht blieb sie einmal stehen und sagte: Schön ist das mit dir. Und plötzlich schriee das Käuzchen, sie würde erschrecken: Oh, was war das? Dann würde er ganz leicht seine Hand auf ihren Arm legen: Das ist das Käuzchen, das ruft viel im Winter in der Nacht.

Da schrie es an der Spitze. Das konnte nur Otto sein, der Hüne, von dem die Mädchen sprachen, weil er technisch begabt war, und der seine ungenügenden Lateinnoten durch Weitsprünge und Kugelstoßen auszugleichen versuchte. Er brüllte, als wäre der Fichtenwald ein afrikanischer Urwald, in dem ein Gorilla seine Freudenstimme erschallen ließ. Der Waldrand war erreicht. Eine lange Abfahrt lag vor ihnen bis in das Dorf. Dort sollte auf Ottos Vorschlag ein Punsch getrunken werden, ehe sie in die Stadt zurückführen.

Als Wilfried seinen Abfahrtsversuch begann, waren alle weit vor ihm im blaugrauen Schneefeld nur noch so groß wie Hasen in der Mondhelle zu erkennen. Die Lichter des Dorfes bedrängten ihn in Gedanken an das bevorstehende Zusammensein in der Schenke, dem er sich gern entzogen hätte. Er stellte sich vor, wie sie bald vor dem Gasthof stehen werden und wie Otto sticheln würde: Kommt, wir gehen rein, der kommt schon nach, er muss erst sein Dutzend Stürze vollmachen.

Wilfried widerstrebte es plötzlich, in den Spuren der anderen zu bleiben. Ich fahre nach Hause, beschloss er und hielt auf den nach der Stadt gelegenen Dorfausgang zu. Doch an den Muldeneinschnitt in dieser Richtung hatte er nicht gedacht.

Der Rücken schmerzte, als er aufzustehen versuchte. Die Tränen waren ihm nahe. Er löste die Bindungen und stieg den verwehten Muldenrand hinauf. Oben schob er die Hände in die Hosentaschen, denn die Wollfäustlinge waren steif.

Jetzt wie die da unten ein heißes Glas zwischen den Fingern haben! Seine Augen suchten das Licht in der Dorfmitte, wo er die Wirtschaft vermutete. Wie leicht könnte er hinfahren, wenn er wie Otto wäre, übermütig, voller Einfälle und nie um eine Antwort verlegen. Oft schien es ihm, als lebte er nur in sich. Das konnte beglückend sein, dieses Innensein in Gedanken und Bildern. Aber das war es nur, wenn er allein war. Sobald die äußere Überlegenheit anderer ihm begegnete, verließ ihn die Geborgenheit seiner Welt. Hilflos stand er dann da, preisgegeben ihren Spötteleien. Wie wünschte er sich in solchen Augenblicken, alle seine heimlichen Gedichte für eine schlagfertige Antwort hergeben zu können! So ging es ihm auch mit Rotraut.

Da sah er einen Skiläufer, der sich in gerade noch erkennbarer Ferne den Hang hinaufschob. Ob es einer aus dem Dorf war, ein Jäger vielleicht? Oder kam jemand ihn suchen? Für Sekunden war er entschlossen, der Gestalt entgegenzufahren. Doch dann nahm er die vereisten Handschuhe von den Stöcken und stieß sich ab in Richtung Dorf.

Auf der glatten Straße erreichte er den Gasthof. Im alten Steinbrunnen gluckste aus einem Rohr in dünnem Strahl das Quellwasser. Aus den kleinen verhängten Fenstern, in denen Hyazinthengläser standen, hörte er Stimmen und Gesang. An der Hauswand lehnten die Skier. Ein Paar fehlte. Er trat näher. Hubert hatte schwarze Bretter und Rotraut auch. Aber nur ein Paar stand da. Die Bindungen an Rotrauts Skiern waren rot, das wusste er genau. Diese hier waren gelb.

Da ging die Tür im Flur. Mit weiten Schritten fuhr Wilfried durch den Obstgarten davon, schnallte die Bretter ab, warf sie über den Zaun, stieg nach, blieb hängen, fiel in den Schnee. Wenn sie in gleicher Richtung weitergefahren war, musste sie bald an der Abfahrtsstelle am Waldrand sein. Sein Herz schlug. Die Hände wurden warm. Er zwang die Beine zur Ruhe, dass sie weit ausholten. Er kam gut vorwärts. Er kreuzte eine Spur. Das musste sie sein, die Abdrücke der Stockringe waren zu erkennen. Er folgte ihr. Als er den dunklen Streifen des Bergwaldes sah, blieb er stehen und rief. Keine Antwort. Er fuhr ein Stück und rief wieder. Stille, nicht einmal ein Echo. Was tun? Weiterlaufen? Aber sie kann ja nicht in den Wald gefahren sein! Und wenn nun alles Einbildung war, wenn ihre Skier im Hausflur gestanden hatten oder sie nach Hause gefahren war? Doch wenn die Gestalt Rotraut gewesen war und sie traf auf seine abwegige Spur am Waldrand?

Plötzlich sah er die Mulde vor sich, wendete und schoss davon. Mein Gott, ich lerne noch Ski laufen, wie sicher das geht! Da preschte es an ihm vorbei. Er rief ihren Namen. Sie drehte einen weiten Bogen, dann fuhren sie aufeinander zu. Sie sahen sich an. Warum sagte sie nichts? Da begann er, und nun war alles ganz einfach: «Endlich habe ich dich gefunden.»

«Du mich?»

«Ich hatte richtige Angst.»

«Ich auch.»

«Du, warum ist denn nicht einer von den Jungs gekommen, wenn ihr schon dachtet, mir könnte etwas passiert sein?»

«Otto wollte mitkommen. Aber da habe ich gesagt: Du bleibst hier. Ihr bleibt alle hier. Was denkst du, wie die mich angesehen haben. Und dann bin ich losgefahren.»

«Um mich zu suchen?»

«Hm.»

«Du weißt doch, dass ich viel langsamer fahre als ihr.»

«Aber es war so lange diesmal.»

«Du, Rotraut, ich muss dich etwas fragen.»

«Ja?»

«Rotraut, warum nehmt ihr mich eigentlich immer wieder mit?»

«Das ist, weißt du, weil ich, sie wollen doch auch, dass ich mit dabei bin.»

Wilfried sah über die schwarze Wollmütze Rotrauts hinweg und versuchte, die Brocken des Satzes zu entwirren. Wäre der Schritt, mit dem er aus seiner Traumwelt herauszusteigen begann, nicht noch sehr zaghaft gewesen, hätte er gehört, dass in diesem Satz mehr Klarheit war als in manchem grammatischen Meisterstück.

Da schrie es aus den alten Bäumen im Dorf. Rotraut schrak zusammen und fasste seinen Arm.

«Das ist das Käuzchen», sagte er, und die Stimme erstickte ihm fast im Hals, «das schreit oft so im Winter in der Nacht.»

«Wie gut, dass ich nicht allein bin», gab das Mädchen leise zurück.

Eine Weile blieb es still, dann rief das Käuzchen wieder, langgezogen und schrill, schauerlich für den, dem die nächtigen Stimmen fremd sind, schauerlich auch noch für den, der mit ihnen vertraut ist.

Noch immer lag ihre Hand auf seinem Arm. Das wurde ihm mit einem Mal beglückend bewusst.

«Es ist schön, dass du gekommen bist.»

Nun sah er nicht mehr über ihre Mütze. Er sah sie an, bis sie sich abwandte und seinen Arm drückte, übermütig und ein wenig heftig zugleich, und lachte, ganz anders lachte, als Wilfried es an ihr kannte.

«Jetzt komm aber, mein Punsch wird kalt, der war schon eingegossen, als ich abfuhr.»

Schon jagte sie davon, gefolgt von Wilfried. Er freute sich auf die warme Gaststube und auch auf die Gesichter der anderen. Mochten sie spotten. Was wussten sie denn, wie das war, wenn man zum ersten Mal erlebte, wie Traum und Wirklichkeit sich berührten.

Ein Wintertag

Ein richtiger Tag für die Schreibtischarbeit, die mich seit Langem bedrückt und deren Termin bedrängend nahe rückt. Schon bin ich dreimal nachts im Traume davon aufgewacht, dass ich auf einem endlosen Lochkartenband Spalte um Spalte mit Holzartenaltersklassenzahlen füllte. Die Zahlen leckte eine züngelnde Zunge vom Papier. Sie sprangen durcheinander und verschwanden in einem riesigen Nussknackerschlund, dessen leises Kiefermahlen mich zu immer wilderem Schreiben trieb. Und je eiliger ich schrieb, desto schneller hüpften die Zahlen und versanken in dem grundlosen Schlund der Maschinerie, die im Stahlanzug eines Tiefseetauchers so nahe vor mir stand, dass ich ihren öligen Atem roch.

Bei diesem Schneetreiben heute ist Arbeiten im Walde nicht möglich. Da kann ich mich endlich von meinem Alpdrücken befreien. Nur der Schneepflug fährt für das Wild durch den Wald. Und einige unentwegte Kinder noch mögen am einzigen Hang, den es hier gibt, den frisch gefallenen Schnee auf ihrer bescheidenen Schlittenbahn festrodeln.

Mit jeder Zahl, die ich niederschreibe, wird mir wohler. Es ist seltsam: Arbeiten, die mir wenig Freude machen oder für deren Notwendigkeit mir die Einsicht fehlt, möchte ich, habe ich erst damit begonnen, in einem Zuge erledigen.

Die Alpenveilchen zwischen den Doppelfenstern, wo sie seit Wochen blühen, sind über Nacht an den Außenscheiben mit ihrem eigenen Verdunstungswasser festgefroren, obwohl ich die Fensterläden geschlossen hatte. Aber im Zimmer die Christrosenblüten zwischen den Lebensbaumzweigen haben sich weit geöffnet. Die gefalteten Fruchtblätter stehen steil in der flachen Krone. Und noch immer haben die Barbarazweige neue Kirschblüten und an den Langtrieben brechen die Blattknospen auf. Ich denke an den Tag, als ich die Kirschzweige schnitt. Ich denke an den Menschen, von dem ich die Christrosen bekam. Aber bloß nicht ablenken lassen. Dabei söhne ich mich langsam mit der Arbeit aus. Ich kann im Warmen sitzen. Man müsste zwei Berufe haben. Im Winter Friseur oder Schuhmacher, im Sommer die Arbeit im Wald.

Ich höre die Schritte der Briefträgerin und gehe zum alten Blechbriefkasten an der Haustür. Er ist mit Schnee gefüllt. Im Schnee steckt ein Brief. Absender: Rat der Gemeinde eines kleinen benachbarten Dorfes. Ich sollte der Briefträgerin sagen, es genüge, wenn sie bei solchem Wetter nur wichtige Post bis zum Forsthaus brächte. Aber welche Post ist wichtig? Ist es dieser Brief zum Beispiel? Er enthält eine «Berufung». Ich bin höflich eingeladen zur konstituierenden Sitzung der neu zu gründenden wasserwirtschaftlichen Gemeindeschaukommission. Die Sitzung findet heute um fünfzehn Uhr im Gemeindeamt statt. Der Brief ist zwei Tage unterwegs gewesen. Ich rufe den Bürgermeister an, ob er mein Einverständnis zur Mitarbeit nicht fernmündlich entgegennehmen könne? Und ich begründe diesen Wunsch mit dringender Terminarbeit. Aber der Bürgermeister ruft mir nur zu, er habe auch Termine und ein solcher sei diese Sitzung. Im Übrigen könne es in einer Stunde erledigt sein. Ich sage zu, mehr von der Unabwendbarkeit als von der augenblicklichen Dringlichkeit der Zusammenkunft überzeugt.

Die vier Kilometer werde ich zu Fuß gehen. Es gibt Zeiten, da findet sich vieles auf das Anfängliche zurück. Ein solcher Schneetag ist eine solche Zeit. Zu Fuß gehen, mit einem Stock in der Hand – aber dazu gehört innere Ruhe, das Einwilligen in die Zeit, die man braucht. Ich wünsche, ich bekomme die Ruhe auf dem Weg. Noch ist Unwillen in mir. Weil ich gestört worden bin, weil ich mich am Telefon nicht durchgesetzt habe, weil ich morgen erneut am Schreibtisch bleiben muss, obgleich der kommende Tag schon eingeteilt war.

Hoppla, die Treppe ist glatt. Ich fange mich am eisernen Geländer und sitze auch schon. Am zunehmenden Erschrecken über solche Unsicherheit registriere ich das Älterwerden. Zugleich stelle ich fest, dass eine Versuchung mich immer wieder überrascht, der ich nur einmal im Leben nachgegeben habe. Es lockt mich zu probieren, ob es wirklich so schlimm gewesen ist, wie ich es in Erinnerung habe. Ich war vom Schlittenfahren nach Hause gekommen, hatte mich müde am Treppengeländer hochgezogen und dabei den frischen Schnee von der Eisenstange geleckt, bis die Zunge kleben blieb. Auf mein Schreien kam die Mutter aus dem Haus gestürzt und sah ihr Kind mit offenem Mund und angefrorener Zunge am Eisengeländer hängen. Ich weiß nicht mehr, wie ich loskam. Ob mit warmem Salzwasser oder einem heißen Topflappen oder ob ich mich, während meine Mutter nach einem geeigneten Hilfsmittel in die Küche lief, vor Angst doch noch selber befreite. Aber die beschwörenden Ermahnungen sind mir noch im Gedächtnis und die Blutstropfen im Schnee. Ich spitze die Zunge. Soll ich oder soll ich nicht?

Von der offenen Feldseite her schlägt mir der schräg fallende Schnee ins Gesicht. Wellig fegen Schwaden feinen Treibschnees über die Straße, auf der ich gehe. Wenn ich auch kein für diesen Tag erwünschtes Ziel habe, es ist schließlich die warme Stube eines Gemeindeamtes, der ich entgegengehe. Und immerhin, hier in der Spreeniederung dürfte ein gutes wasserwirtschaftliches Einvernehmen zwischen Feldbau, Fischerei und Forst nicht unwichtig sein.

Eine Zugmaschine hält an. Ich steige auf. Im Gemeindeamt ergibt sich, dass nur die Hälfte der Geladenen erscheint. Einesteils befriedigt mich, dass ich zu den Erschienenen gehöre, andererseits – aber lassen wir die andere Seite. Nach einer Stunde fassen die Anwesenden einen Beschluss, und der Bürgermeister erklärt sich bereit, aus seinen Notizen die Schauordnung für die zweimal jährlich zu besichtigenden Wasserläufe allein zu formulieren.

Heimwärts treibt mich der Wind. Ich richte mich auf, damit ich dem Wind viel Fläche biete. Ich habe schon den Erlenbruch erreicht, da bedaure ich nicht mehr, dass ich den Schreibtisch verließ. Sehr nahe über mir fliegen fünf Schwäne, weiß im grauweißen Schneegestöber. Sekunden nur sehe ich sie. Dann haben die Flocken ihr Bild gelöscht. Ich stehe und wünsche: Kommt nochmals zurück! Aber sie kommen nicht mehr. Mir ist, als merke ich an meinen Händen ihr Gefieder, als wäre in der Flugbahn der großen weißen Vögel Wärme geblieben, die sich ausbreitet bis zu mir. Weshalb gibt es keine Vögel, die Menschen tragen, wie das Pferd den Reiter trägt? Wie müsste das sein, auf dem Rücken eines mächtigen Vogels zu liegen, dem Rhythmus seines Flugs unterworfen, mit den Händen am Vogelbug, bedeckt und gewärmt von den im Flugwind anliegenden Federn?

Im Haus brennt schon Licht. Ich schließe die Fensterläden. Ich mag das Geräusch der eingerosteten Scharniere, das dumpfe Anschlagen des einen Flügels auf den anderen. Ich kann damit das Außen vom Innen abgrenzen und die Wärme einschließen, die ich brauche.

Predigt zweier Kiefern

Ihre Samen waren, zwei Körner unter ungezählten pfeffer- und salzfarbenen Mitkörnern, aus einer Sämaschine in ein gleichmäßig vorbereitetes Keimbett geglitten. Ein Jahr darauf wurden sie mit vielen Tausenden als Sämlinge, in einem Reihenabstand von einem Meter und vierzig Zentimetern und mit einem halben Meter Abstand in der Reihe, an einem regnerischen Apriltag auf einem Kahlschlag gepflanzt. Sie standen danach ohne sichtbaren Unterschied nebeneinander und der durchfeuchtete Sandboden verhieß ihrem Wachstum einen guten Anfang.

Beide stammten sie von Mutterbäumen bester Provenienz ab, denn nach einer Verfügung darf Saatgut nur in anerkannten Waldbeständen gesammelt werden. Es wäre denn, ein Zapfenpflücker hätte willkürlich an bequem erreichbaren Wipfeln gesammelt. Gewiss lässt sich schon hinter solche Herkunftsforderung ein Fragezeichen setzen. Wer kann entscheiden, ob nicht aus einem erstklassigen Baum, dessen überragend schöner Wuchs dem Fachmann eine Augenweide und den Gewitterblitzen eine Verlockung ist, ein für die Nachzucht unwürdiger Protz oder ein Krüppel entstanden wäre, hätte ihn nicht die enge Berührung mit Nachbarstämmen zur Höhe gedrängt, sondern freie Öde ihn ungehemmt sich ausbreiten lassen? Es erscheint auch kleinlich zu meinen, die spielfreudige Natur vermöchte mit der Farbe der Samenkornschale Hinweis auf das im Kern Verborgene erlauben, etwa so, die mehr pfefferfarbenen seien im Gegensatz zu den salzartig getönten mit kümmerlicheren Energien versehen. Desgleichen bleibt es wenig wahrscheinlich, dass die Samen beider Kiefern am selben Mutterbaum reiften oder gar in einem Zapfen. Es kann aber auch nicht ausgeschlossen werden. Derlei Vermutungen ließen sich ohne Ende fortführen. Auch die Mutterbäume hatten Mütter, und Zapfen reifen, je nach ihrem Anwuchs an den Zweigen, unterschiedlich im Genuss von Licht und Wärme. Sie reifen über zwei Sommer und einen Winter hin, geschützt oder frei jeder Witterung ausgesetzt in den Wipfeln der Bäume. Es gibt also kein Entdecken ins Vergangene über das Saatbeet hinaus. Und wer vermöchte zu klären, ob das Klengen des einen Samens in der Darre wärmer erfolgte als das des anderen oder ob die Vorbehandlung des Saatgutes sich differenziert auf das Durchstoßen der Samenhülle auswirkte? Auch muss die Beantwortung der Frage: Hat der eine Samen in flacherer Erdbedeckung im Keimbett geruht als der andere, dunkel bleiben. In allen diesen Verborgenheiten können schon Ansätze für unterschiedliche Entwicklung der Pflanzen angenommen werden.

Näher liegt, durch eine eilige Hand könnte der eine Jährling weniger sorgsam in den Pflanzspalt gesetzt worden sein, und seine Wurzel hätte erst nach energieverzehrenden Windungen ihrem Drang in die nährende Tiefe nachgehen können. Dies würde dem anderen Sämling dann einen gewissen Vorlauf gesichert haben. Auch Rüsselkäfer, Pilze, eine Wühlmaus oder Engerlinge könnten entwicklungshemmend gewirkt haben – oder das Jugendwachstum beider Kiefern ging gleichmäßig vor sich. Doch eines Jahres muss der eine Baum zurückgeblieben sein wie viele seinesgleichen auf der ausgedehnten Jungwuchsfläche. In der Mitte ihres Lebens jedenfalls stand die eine Kiefer mit deutlich einseitiger Krone und spärlicher Benadelung, im Stammdurchmesser kaum halb so dick, unter dem Wipfelraum ihres Reihennachbars, dem man den Reichtum des ihn umgebenden Lichtes ansah.

An einem sonnigen Vormittag hieb ein Beilchen eine Lasche in die Rinde des schwachen Stammes und zeichnete ihn damit aus. In Umkehrung des Sinngehalts dieses Wortes nennen die Forstleute das Markieren eines Baumes mit einem Schalm «auszeichnen». Denn eigentlich sind die Ausgezeichneten doch diejenigen, die kein Zeichen erhalten, die Verbleibenden also. Sie sollen auf den nunmehr erweiterten Lebensraum mit gesteigerter Wuchsfreudigkeit reagieren. Noch manche geringwertige Kiefer wurde an jenem Tage zugunsten Ausgezeichneter ausgezeichnet.

Bald darauf durchschnitt eine Bügelsäge nahe über dem Waldboden die Verbindung zwischen Wurzel und Wipfel. Der vitale Nachbar war noch jung genug und nutzte die gewonnene Lücke. Sein gerader Stamm setzte Jahrring um Jahrring zu bemerkenswerter Dicke an, er neigte zur Grobastigkeit, doch blieb er gesund in seinem Kern, und mit hundertzwanzig Jahren fiel auch er unter den reißenden Zähnen einer Motorkettensäge. Er zerdrückte im Niederstürzen die mulmigen, flechtenbezogenen Stockreste seines einstigen Nachbarn.

Jene schwache Kiefer war zu Grubenstempeln zerschnitten worden, und es war ihr vergönnt, in einem Schacht zwei Bergmännern das Leben zu retten. Ihre unter der Bedrückung des vorwüchsigen Waldnachbarn engringig gewachsenen Stammstücke hatten dem schlagenden Wetter standhalten können. Die Jahrzehnte später gefällte Kiefer wurde zum Bau einer Mole als Rammpfahl in schlickige Tiefen gehämmert. Schmierige Algen belegten seinen geteerten Schaft. –

Doch wenn die Verwertung dieser beiden Kiefern anders verlaufen wäre, nicht wie ein nach gerechtem Ausgleich suchender Wunsch es haben möchte? Nehmen wir an, der schwache Stamm wurde zu Zellulose verarbeitet oder für Spanplattenfabrikation geschnitzelt und der starke, dauerhaft imprägniert, tragender Pfeiler eines trigonometrischen Turmes, der die höchsten Bäume einer Bergkuppe überragt. Gälte dann nicht auch und wäre nicht weniger gerecht, dass beide Kiefern nach ihren Möglichkeiten wuchsen und weder die eine noch die andere überflüssig waren in ihrem Gebrauch, den ein Unterschiedliches bestimmte, das die Gleichheit in ihrer Art nicht unterschied?

Gottfried Unterdörfer wurde am 17. März 1921 in Zschornau bei Kamenz als erstes Kind einer Försterfamilie geboren. Nach seiner Lehre an der Sächsischen Landesforstverwaltung begann er 1941 ein Studium an der Forstschule in Reichstadt, von wo er nur vier Monate später zur Wehrmacht eingezogen wurde. Erst 1949 kehrte er aus Krieg und später Kriegsgefangenschaft zurück. Ab 1950 trug er bis zu seinem Ruhestand 1987 im Forstrevier Uhyst die Verantwortung. Seine Leidenschaft nach der Arbeit galt dem Schreiben. 1959 veröffentlichte er seinen ersten Gedichtband «Du lebst vom Du» im Union Verlag Berlin und ein Jahr später die erste Prosasammlung «Dem Holzhaus gegenüber». Weitere Lyrik- und Erzählbände folgten, zuletzt posthum im Lusatia Verlag «Ich möchte einen Kranich sehen». Gottfried Unterdörfer starb am 9. September 1992 in Uhyst.

Lusatia
Verlag
Bautzen